U0729842

世界侦探推理经典文库

三十九级台阶

[英]约翰·巴肯 著
九羽 译

群众出版社
·北京·

图书在版编目（CIP）数据

三十九级台阶 /（英）约翰·巴肯著；九羽译.
北京：群众出版社，2025.5. --（世界侦探推理经典文库）. -- ISBN 978-7-5014-6465-4

Ⅰ. I561.45

中国国家版本馆 CIP 数据核字第 2025DJ9333 号

世界侦探推理经典文库

三十九级台阶

［英］约翰·巴肯 著

九羽 译

总 策 划：陆红燕
策　　划：杨桂峰　冯京瑶
责任编辑：冯京瑶
装帧设计：王紫华
责任印制：王晓博

出版发行：群众出版社
地　　址：北京市丰台区方庄芳星园三区 15 号楼
邮政编码：100078
经　　销：新华书店
印　　刷：天津嘉恒印务有限公司

版　　次：2025 年 5 月第 1 版
印　　次：2025 年 5 月第 1 次
印　　张：5.875
开　　本：880 毫米×1230 毫米　1/32
字　　数：117 千字

书　　号：ISBN 978-7-5014-6465-4
定　　价：36.00 元

网　　址：www.qzcbs.com
电子邮箱：qzcbs@sohu.com

营销中心电话：010-83903257
读者服务部电话（门市）：010-83903257
警官读者俱乐部电话（网购、邮购）：010-83901775
文艺分社电话：010-83904938

本社图书出现印装质量问题，由本社负责退换

版权所有　侵权必究

出版前言

侦探推理小说以曲折的情节、强烈的悬念、严谨的逻辑，吸引了世界各地的众多读者。优秀的侦探推理小说不仅可以启迪心智、激发勇气，而且可以指点人生迷津，使人悬崖勒马，不致以身试法。

侦探推理小说往往讲述一个疑窦丛生、悬念迭起、情节曲折、惊险刺激的故事，悬疑的设置和解谜都需要超常的智慧。读者只有以缜密的逻辑推理，与书中的人物一起去探秘、求解，披沙拣金、抽丝剥茧，才能揭开谜底。侦探推理小说中描述的侦探经验和破案方法，由于独特的视角和奇巧的构思，常常被现实生活中的警探引以为鉴，激发破案的灵感。欧美的一些警察学校至今仍然经常选用侦探推理名著中的案例，作为考题或案例分析的范本。

在美国，“恐怖推理小说”作家埃德加·爱伦·坡（1809—1849）于1841年创作的《莫格街凶杀案》，被公认为世界上第一部真正意义上的侦探推理小说。他的作品悬念极强，分析推理严密，始终让读者捏着一把汗。他在书中塑造了“智力超人”杜邦的形象，总能通过蛛丝马迹成功破案，是英国作家柯南·道尔笔下福尔摩斯的“前辈”。因此，他在世界文学界被誉为“侦探推理小说之父”。他用短小的篇幅制造出缕缕不绝的悬疑之感，在严谨的逻辑推理之中融入奇幻的情节，并以诡谲的文笔锦上添花，迄今很少有人能及。从这个意义上讲，他的作品永不过时。

在英国，阿瑟·柯南·道尔（1859—1930）爵士的成名作品《血字的研究》于1886年完成。他创作的《福尔摩斯探案全集》是世界上最伟大、最畅销的文学作品之一。这部作品因独具匠心的布局、悬念迭起的情节、精妙独特的叙事手法和凝练优美的语言，第一次让侦探小说步入世界文学的高雅殿堂，使侦探小说成为一个独立的文学类别而备受世人赞誉。在高潮迭起的情节中，神探与罪犯对抗、正义与邪恶较量，强烈地吸引着读者努力去寻求答案，欲罢不能。这些神奇的破案故事影响了一代又一代人，至今仍然被广为流传。他对侦探推理小说的贡献是巨大的，在故事结构、推理手法等方面树立了范本。作为侦探推理小说的一代宗师，他在英国被公认为与莎士比亚、狄更斯比肩的人物。

在日本，一位名叫江户川乱步（1894—1965）的作家于1923年发表了《两分铜币》，开启了日本推理文学的大门。接着，他创作并发表了《D坂杀人事件》《巴诺拉马岛奇谈》等一系列推理小说。第二次世界大战结束后，江户川乱步创立了日本推理作家协会的前身——侦探作家俱乐部。为了鼓励和培养新作家，他于1954年设立了本格派推理小说的最高奖项——江户川乱步奖。

在法国，颇负盛名的侦探推理小说家莫里斯·勒布朗（1864—1941）在青年时代受著名作家福楼拜与莫泊桑的影响，走上了文学创作的道路。1905年，他在《我什么都知道》杂志上连载了小说《亚森·罗平被捕记》。后来，他陆续写下了二十一部以亚森·罗平为主人公的侦探推理小说。他的代表作有《亚森·罗平在狱中》《水晶瓶塞》《侠盗亚森·罗平》《亚森·罗平智斗福尔摩斯》《棺材岛》等。有关亚森·罗平的侦探推理小说在全世界非常流行，有的单行本销售量过亿，而根据此系列小说改编的电影、动漫等作品更是受到了各国年轻人的推崇——这就是经典的魅力与价值。

经过一百多年的发展和演变，侦探推理小说在世界范围内层出不穷，生生不息。比如，美国作家厄尔·德尔·比格斯（1884—1933）的《陈查理探案》、雷蒙德·钱德勒（1888—1959）的《长眠不醒》、达希尔·哈米特（1894—1961）的《马耳他之鹰》，英国作家威廉·威尔基·柯林斯（1824—1889）的《月亮宝石》、艾德蒙·克莱里休·本特利（1875—

1956）的《特伦特的最后一案》、阿加莎·克里斯蒂（1890—1976）的《尼罗河上的惨案》，日本作家松本清张（1909—1992）的《点与线》、西村京太郎（1930—2022）的《天使的伤痕》、森村诚一（1933—2023）的《人性的证明》，还有法国作家加斯东·勒鲁（1868—1927）的《“黄屋”奇案》、瑞士作家弗里德里希·迪伦马特（1921—1990）的《法官和他的刽子手》和比利时作家乔治·西默农（1903—1989）的《黄狗》等，不胜枚举。这些作品流派众多、包罗万象，闪耀着理性的光芒，在世界文坛上脱颖而出。与侦探推理小说有关的图书始终占据着国际图书市场销售量的四分之一以上，成为其他文学类图书难以企及的畅销、长销图书类型。

群众出版社自建社以来，翻译出版了一大批脍炙人口的外国侦探推理小说，受到了广大读者的欢迎和认可，在出版界乃至社会各界享有盛誉。早在1981年，群众出版社就把《福尔摩斯探案全集》这部经典之作带入了千家万户，在全国掀起了一股“福尔摩斯热”。此次出版《世界侦探推理经典文库》，意在将世界各国的优秀侦探推理小说展现在读者面前。

让我们静下心来，怀着对未知事物的好奇和对理性公正世界的向往，步入神圣的侦探推理文学殿堂，追根溯源，不断发现，找到智慧的源泉。

群众出版社

2024年10月

目录

第一章　死了人

那年5月的某个下午三时左右，我从伦敦商业中心区返回，对生活无比反感。我在故国[1]已有三个月，对它厌倦至极。若是一年前有人对我说，我一定会有此感受。我会嘲笑他一番，不过事实终归是事实。气候使我大动肝火，普通英国百姓的谈吐令我作呕。我缺乏体育运动。伦敦的娱乐活动单调乏味，活像晒在太阳下的苏打水。“理查德·汉尼，”我时常对自己说，“你可是找错了地方。我的朋友，还是脱身为妙。”

① 英国殖民地的人对英国的一种称呼。——译者注

我想到前些年在布拉瓦约[①]制订的种种计划，倒使我把愤怒强忍了下去。我的财运尚可——不是发大财，对我来说却足矣。我想出各种办法，让自己过舒坦的日子。我六岁那年，父亲带我离开了苏格兰，打那以后就没回去过。所以，英格兰在我看来就是《一千零一夜》里的阿拉伯，指望后半辈子能在那里落脚。

可是，从一开始我就对它很失望。不出一周，我对观光就已经感到腻味了。不到一个月，我就对餐馆、剧院以及赛马会感到厌烦了，没有真正的伙伴陪我到处游逛。我大概已经把情由说清楚了吧。很多人邀我去他们家，可他们对我却没有多大兴趣。他们随口问一两个有关南非的问题之后，便各自去忙了。有许多拥护神圣罗马皇帝的贵妇请我去喝茶，我认识了一些从新西兰来的教师和从温哥华来的编辑。这才是诸事之中最沉闷无聊的事。本人在此，三十七岁，身体强健，有足够的钱过舒舒坦坦的日子，成天打哈欠，无所事事。我正打算一走了之，回南非草原去，因为联合王国使我再烦心不过了。

---

① 津巴布韦的一座城市。——译者注

那天下午，我稍微动了动脑筋便使我的几位经纪人为投资之事十分犯难了。在往回走的路上，我走进了一家俱乐部——倒不如说是小酒馆，在殖民地工作过的人可以入内。我喝了很长时间酒，看了几份晚报。报上全是近东纠纷，其中有一篇是关于土耳其总理卡洛里迪斯的文章。我十分欣赏此人。从各种说法来看，他都是这场较量中的大人物。他也主张走正道，这对他们当中大多数人而言算是难能可贵的了。我推测，在柏林和维也纳，他们都痛恨他，而我们则会拥护他。有份报纸上说他是欧洲与大决战[①]之间的唯一障碍。我想，能不能在那些地方找个工作呢？我觉得，可以不让人打哈欠的地方，非阿尔巴尼亚莫属。

大约六点钟，我回来整了整装束，在皇家咖啡馆进餐，然后走进一个杂耍剧场。表演十分无聊，女人玩玩闹闹，男人尖嘴猴腮，我未久留。夜色温柔，我朝我在波特兰大街附近的公寓套间走去。人行道上，人群蜂拥而过。忙忙碌碌、喋喋不休——这些人总有事可做，我真羡慕。女店员、职员、纨绔子弟、警察，都对生活颇有兴趣，所以他们才过得下去。我给了

① 在《圣经》中，指世界末日的善恶大决战。——译者注

乞丐半克朗硬币，因为我看见他也在打哈欠，证明他也饱受此症之苦。我来到牛津圆形十字路口，抬头看看春天的夜空，立下了誓言。我再给这故国一天的时间，看是否能让我遇到如我所愿之事。如果一切照旧，我便决定乘下一班船去开普敦。

我的公寓套间在兰姆大街后面的一幢新大楼的二楼，有公用楼梯，大门口有门房和开电梯的工人，没有餐厅之类的设施，各套间相互隔离。我不喜欢有仆人住在楼里——有个帮手，白天来照应我。他每天早上八点钟之前来，总在晚上七点钟走，因为我从不在屋里进餐。

正当我把钥匙插进锁孔，我看见附近有一个人。他走近我，我没看见。他突然出现，把我吓了一跳。他身材瘦小，留着褐色短胡子，蓝眼睛小而有神。我认出来了，他是顶层的一个套间的住户，我常在楼梯上碰见他。

“我能跟你说话吗？”他说，“能进去一会儿吗？”他竭力使自己的声音沉稳下来，用手抓住我的胳膊。

我打开门，示意让他进去。他刚一进门就朝我的里屋冲去，那里是我抽烟和写信的地方。然后，他又跑了回来。

“门锁好了？”他焦急地问，用手闩牢门链。

“我很抱歉，”他低声下气地说，“这么做实在是太不像话了，不过像你这样的人是能理解的。一个星期以来，每当遇到棘手的事情，我都会想到你。能帮我吗？”

“我愿洗耳恭听，”我说，“仅此而已。”对这位紧张不安的小个子的古怪行径，我有些担心。

他身边桌子上的盘子里放着几杯酒。他拿起一杯，兑上烈性威士忌加苏打水，三口便把酒喝完了。放杯子时，他把杯子碰坏了。

“请原谅，”他说，“今晚我有点儿慌乱。你知道，说来也巧，此刻我就应该死了。”

我在扶手椅上坐下，点上了烟斗。

“感觉如何呢？”我问道。我十分肯定，我要对付的是个疯子。

他那扭歪的脸上露出一丝笑意。“我没疯！不过，先生， 5
我一直在注意你。我认为，你很慎重。我也认为你为人正派，会不惜大力相助。我要向你吐露秘密。我需要帮助，比任何人都着急。我想知道，我能不能指望你。”

“那你就接着讲讲你的故事吧。”我说，“讲完了，我就告

诉你。”

他似乎尽了最大努力才振作起来，接着说他那无比奇怪的冗长的废话。刚开始，我没听出名堂，只好打断他，向他提出一些问题。其要点如下：他是美国人，来自肯塔基州。大学毕业后，他手头宽裕，周游世界。他写过一些东西，在芝加哥的一家报社当过战地记者，在南欧和东欧待过一两年。我推测，他懂多种外国语，颇了解上述地区的情况。提到许多人的名字时，他都显得十分熟悉。这些名字，我在报纸上都见过。

他告诉我，他搞过政治。起初，他是为了政治，后来则欲罢不能了。我看得出来，他是个精明而闲不住的人，遇事总要刨根问底。他需要这，需要那，却要过了头。

我把他对我说的以及我能听明白的情况都告诉你。远离众多政府和军队，背后从未停止过秘密活动——策划者是万分危险的人物。他跟这种活动沾上边，纯属偶然。此事使他产生了很大的兴趣。他越陷越深，结果无法摆脱。我想，其中大多数人是受过教育而搞革命的某种无政府主义者。除了这些人，还有些赌钱的金融家。一个精明的人是能够在衰落的市场上牟取暴利的，这完全符合以上两类人控制欧洲的惯例。

他告诉我的一些怪事，使某些让我迷惑不解的事情——巴尔干战争[①]中发生的事；一个国家如何崛起并领先；种种联盟为何形成又如何破裂，甚至消失；军费从何而来——有了解释。整个阴谋，目的是让俄国同德国兵戎相见。

我问他这是为什么，他说那些无政府主义者认为，这么干能使他们有机可乘。一切回炉重来，他们指望看到一个新的世界出现。资本家到处搞钱，买下战后留下的烂摊子而大发横财。他说，资本是没有良心、没有祖国的。另外，背后还有犹太人——犹太人恨透了俄国。

“你知不知道，”他大声说，“他们三百年来一直受迫害？这一次，他们就是要对大屠杀[②]进行反击。到处都有犹太人，但你要深入秘密之处才能发现他们，比如由条顿人[③]开的商业大公司。你跟它打交道，遇到的第一位亲王或公爵，其实也就是一个能说一口伊顿和哈罗[④]英文的文雅年轻人。可是，此人不起作用。你要做大买卖，就会在幕后发现一个下巴突出的威

① 此战争是第一次世界大战的导火线。——译者注
② 特指帝俄时代对犹太人的屠杀。——译者注
③ 古代日耳曼人的一个分支。——译者注
④ 指伊顿公学和哈罗公学，都是英国的名牌中学。——译者注

斯特伐利亚人。此人额头凹陷，举止粗野。他才是把你们英国的证券市场搞得像得了疟疾一样时寒时热的德国商人。如果你做的是最大的买卖，那么就该去找真正的老板。十有八九，他会把你带到一位脸色苍白的小个子犹太人面前。他坐在浴室的椅子上，目光像响尾蛇。是的，先生，他就是如今控制世界的人。他要向沙皇俄国进行报复，因为他的姑母遭到过凌辱，他的父亲在伏尔加河畔的某个小地方遭到过鞭打。”

我不得不说，他说的那些犹太无政府主义者们似乎有些过时了。

“是，也不是。”他说，“在一定程度上，他们赢了。但是，他们也找到了比金钱更重要的东西，这是买不到的。这就是人类那古老而根本的好战天性。要是会牺牲，便打出某种旗号和国号，为之战斗。要是能幸存，就该珍惜这件大事。这些鲁莽的武夫之辈已经查明了他们所关心的某种情况，从而打乱了在柏林和维也纳设下的圈套。不过，我的朋友们还没有打出第一张牌。他们手里有大牌，会因为打出这张牌而成为赢家，除非我能活一个月。”

“我刚才还以为你已经死了呢！”我插嘴说。

“**死为生之门**[①]。”他笑了笑。我听得懂这句引文，我听得懂的拉丁文也就这么多了。“这件事，我等会儿再说。首先，得让你把一些事情弄明白。你要是看报，就一定知道‘康斯坦丁·卡洛里迪斯’这个名字。”他接着说道。

一听这话，我立即坐了起来，因为我在报上读到过有关此人的事，就是在当天下午。

“他破坏了他们的所有计划。纵览全局，只有他足智多谋，恰好又为人正直。在过去的十二个月里，他的行踪一直受到监视。这种情形，我早就发现了——这并不难，连傻瓜都能推测出来。不过，我发现他们在盘算着如何暗杀他。发现了这种情况，那是要送命的呀！所以，我不得不死。”

他又喝了一杯酒。我亲自为他调酒，因为我对这家伙有了兴趣。

“他们没办法在他的国家干掉他，因为他有一名保镖，是伊庇鲁斯[②]人，此人会把他们祖母的皮给剥下来。6 月 15 日这一天，他会到伦敦来。英国外交部常常举办一些国际性的茶话

① 黑体字原文为拉丁文。——译者注

② 位于巴尔干半岛的一个中世纪国家。——译者注

会，最隆重的一次定在6月15日，卡洛里迪斯被视为最重要的贵宾。如果我的那些朋友能得逞，他就无法回到他那令人羡慕的同胞身边了。”

“这太好办了。”我说，“你可以警告他，让他留在本国。”

“让那些人打如意算盘?”他尖锐地问道。

“如果他来不了，他们就赢了，因为只有他能化解这场纠纷。如果希腊政府被警告，他就不会来，因为他不知道6月15日是个多大的赌注。”

“英国政府呢?”我说，“他们总不会让贵宾们遭暗杀吧!向他们使一使眼色，他们就会采取额外的预防措施。”

“没用。他们可以让你的城市布满便衣侦探，警察的人数会加倍。康斯坦丁的命运仍然是注定了的。我的朋友们玩儿这场游戏，可不是为了糖果啊！他们要为暗杀大造声势，让全欧洲的人有目共睹。将要暗杀他的是个奥地利人。有许多证据可以证明，这是得到维也纳和柏林的大人物们默许的。这当然将成为可恶的谎言，不过这件事对世界而言已经足够邪恶了。我没有吹牛，朋友。我在无意中得知了这个奸计的种种细节。我还可以告诉你，这将是自博基亚斯[①]以来策划得最为精细的恶棍行径。如果有人知其底细——在6月15日这一天，就在伦敦，某人还活着——那么暗杀便无法得手。某人将成为你的仆人，名叫弗兰克林·斯柯德。”

我对这个小个子逐渐有了好感。他的嘴像捕鼠器似的合上了，锐利的眼睛里冒出战斗的火焰。如果他对我讲的是故事，那么想必是有其言也有其行。

“你是在哪里发现的?”我问。

“在蒂罗尔[②]的亚琛希的一家小酒馆里发现了最初的形迹，促使我进行调查。在布达[③]的加利西亚区的一家皮货商店，在维也纳的一家‘外国人俱乐部’，在莱比锡的拉克尼兹大街一侧的一个小书店里，我找到了另外一些线索。十天前，我在巴黎完成了搜集证据的工作。我现在无法把细节告诉你，因为那简直就是一段漫长的历程。我拿定了主意，觉得还是消失得无影无踪为好。于是，我找到了一条十分奇特的路线，到达了这个城市。我离开巴黎时，是个穿着时髦而年轻的法籍美国人。

① 十五世纪前后，意大利大家族的一支，以残暴著称。——译者注

② 奥地利西南部的一个州。——译者注

③ 布达佩斯的一部分。——译者注

我从汉堡坐船离开时，是位犹太钻石商人。在挪威，我是研究易卜生[①]并为讲课收集资料的英国学者。离开卑尔根[②]时，我成了随身带着滑雪影片的电影制作人。我从利斯来到这里，口袋里全是与制纸浆的木材有关的种种方案，供伦敦的各家报社采用。直到昨天，我才意识到，总算把我的形迹遮掩过去了，不禁有些高兴。后来……”

此番回想，似乎使他有些心烦意乱。于是，他又喝了些酒。

“后来，我看见一个人站在这个街区外面的街上。我成天闭门不出，只在天黑之后才外出一两个钟头。我在窗口看了他一会儿，感觉认出了此人……他走进大楼，跟门房说过话……昨夜，我散步回来，发现我的信箱里有一张名片，上面有此人的名字。在这个世界上，我最怕看到的就是这个名字。”

这位朋友眼里的神色，以及脸上显露无遗的惊恐表情，使我对他的诚实坚信不疑。我问他后来怎样时，我自己的声音也变急促了。

“我知道，我已经成了瓮中之鳖。出路只有一条，非死不

---

① 亨利·易卜生（1828—1906），挪威剧作家。——译者注
② 挪威西南部的一座城市。——译者注

可。追击我的那些人知道我已死，就可以高枕无忧了。”

“你是怎么对付他们的?”

“我对那个给我当仆人的人说我身体很糟，装出快要死的样子。这并不难，因为搞伪装，我是有一套的。后来，我搞到了一具尸体——只要你有路子，在伦敦总是能弄到的。我把尸体放在箱子里，用一辆四轮马车运了回来。我上楼，把箱子抬进屋，还得有人帮一把。我还得积累一些证据，应付调查。我躺在床上，叫仆人给我调制好安眠剂之后，让他离开。他要去请医生，我叨咕了几句，说我信不过那些江湖郎中。只剩下我一个人时，我将尸体装扮了一番。尸体跟我身高相近，我估计是饮酒过量而死，于是便备好烈性酒，放在尸体旁边。下巴长得不像，成了破绽，于是我便开一枪而毁之。我敢说，明天就会有人发誓听到过枪声。不过，我这一层楼没有其他住户，我可以冒这个风险。我把尸体放在床上，套上我的睡衣，然后往铺盖上放了一把手枪。我把周围搞乱，一片狼藉。我换上了一套应急的衣服。我没敢刮胡子，怕留下线索——想办法去街上也是白搭。我成天想着你。毫无办法，我只能向你求救。我站在窗口张望，终于看见你回来了，便悄悄下楼见你……先生，

我相信你对此事的了解丝毫不比我少。”

他坐着，眼睛一直在眨，像只猫头鹰。他心慌意乱，却非常果断。这时，我深信他对我是直言不讳的。他所叙述的可谓荒唐透顶，不过这类玄乎之谈，我这辈子听的可多了，结果发现都是真的。我惯用的办法是：只鉴别其人，不鉴别其事。如果他想在我的住处找个落脚之地，然后割断我的喉咙，那么他应该把故事编得更婉转些才对。

“把你的钥匙给我，”我说，“我要看看尸体。请原谅我的小心谨慎！如果可以验证的话，我决心要加以验证。”

他摇了摇头，十分沮丧地说：“我知道你想要钥匙，可我没有，钥匙在镜架上的钥匙链上。我必须把它留在屋里，因为我不能留下任何线索，从而引起怀疑——追杀我的那帮家伙都眼疾手快。今晚，你必须相信我。与尸体有关的证据，你明天就能知晓了。”

我思考了片刻，说：“行。这一夜，我只信你。我要把你锁在这个房间里，钥匙由我管。话说在前头，斯柯德先生，我相信你是坦诚的。反之，我警告你，我的枪法可准呢！”

“那当然！”他兴奋地跳了起来，“我还不知道你的大名呢，先生！的确，你是个有教养的人。把你的剃须刀借给我用用——不胜感激！”

我把他带进我的睡房，让他自便。半个小时后，走出来一个人，我简直认不出来了，只有那锐利而充满渴望的眼神依然如故。他把胡子剃得干干净净，头发从中间分开，还修剪了眉毛。更有甚者，他的举止彬彬有礼，仿佛刚进行过训练。就连他那黑里透红的肤色，都堪称长期在印度服役的英国军官的表率。他的鼻子上夹着一副单片眼镜，说话间已无半点儿美国口音。

“嘿！斯柯德先生——”我结结巴巴地说。

“不是斯柯德先生，”他纠正道，“是第四十廓尔喀①兵团的塞奥菲鲁斯·狄格比上尉，现在回国休假。这一点，你要牢牢记住。我将感激不尽，先生。”

我在吸烟室里给他铺好了床——我在长沙发上将就将就。一个月来，我没有像现在这样高兴过。即使在这个被上帝遗忘的大都会，奇人怪事也是偶有所闻的。

翌日清晨，我醒来时，听见我的仆人派道克在吸烟室门外

① 尼泊尔的一个部族。——译者注

吵吵嚷嚷。在遥远的赛拉克威时，我对他很好。一回到英国，我就把他“套住”，给我当仆人了。他能说会道，当仆人并不是一把好手。不过，我知道，我能指望的是他的忠诚。

“别嚷了，派道克。”我说，“我的朋友……上尉——某个上尉，”我没记住他的名字，“在屋里睡觉。去准备两个人的早餐，等你回来再说！”

我给派道克讲了一个精彩的故事：我的这位朋友很有本事，因过度工作而神经衰弱，需要绝对的休息和静养。不能让任何人知道他在这里，否则他会受到印度外交部和首相的骚扰，他的疗养就泡汤了。我得说，斯柯德先生来吃早餐时表现得十分出色。他透过眼镜盯着派道克，活像个英国军官。他向派道克问起布尔战争[①]，又滔滔不绝地对我胡诌一些莫须有的伙伴的种种事情。派道克总是学不会称我“先生”，可对斯柯德却一口一个“先生”，就像靠“先生”活着似的。

我给他留下报纸和一盒雪茄，下楼到伦敦商业中心去，直到午餐时间。我回来时，开电梯的工人脸色阴沉。

---

① 1899 年至 1902 年，英国人与布尔人（荷兰移民的后裔）为争夺南非领土和资源而进行的战争。——译者注

“这里出事了，今天早上，先生。住在十五号房间的先生自杀了……刚把他抬到停尸间。现在，警察已经来了。”

我上楼，到十五号房间，看见几名警察和一名巡官正忙于调查。我问了几个不靠谱的问题，他们立即把我轰了出去。我找到给斯柯德当过男仆的那个人，向他打听了一番。我能看出来，他认为没有什么可疑之处。此人总爱嘀咕，哭丧着脸——半克朗便足以给他安慰了。

翌日，我接受了法庭的询问。某出版公司合伙人提供的证据是，死者生前曾交给他用木浆制纸的建议书。死者是一个美国商家的经纪人。陪审团将其裁决为“因精神不健全而自杀的案件”，将有少量财物交给美国领事馆处理。我把全部经过一五一十地告诉了斯柯德，使他很感兴趣。他说，他要是能接受询问该多好，就像看到自己的讣告一样有意思。

头两天，他跟我一起待在屋里。他很平静，看看书，抽点儿烟，在一个笔记本里草草地写下了大量笔记。我们每天晚上都下棋，他总是把我弄得惨败。我想，他是在振作精神，以恢复健康，因为他毕竟度过了一段苦不堪言的时日。到了第三天，我便看出，他开始坐立不安了。他列出日期表，一直列到

6月15日，用红铅笔一一做上记号，并用速记符号逐一写上了说明。我经常发现他在阴暗的书房里，十分消沉，锐利的目光变得很茫然。一阵沉思之后，他便会垂头丧气。

我还看出来，他又开始神经紧张了。稍有动静，他就会仔细听，还问我派道克是不是可信。有那么一两次，他大发雷霆，过后又为此道歉，我没怪他。我万分体谅他，因为他身处逆境。

使他为难的，不是他自身的安全，而是他的计划能否实施。此人小小的个子，却一向勇敢、正直，性格倔强。一天晚上，他的表情十分严肃。

"我说汉尼，"他说，"这件事，我还是应当让你了解得深入些。坐视不管又不拜托别人去抗争，这是我绝对做不到的。"他把我此前隐隐约约从他那里听到的事情进行了一番详细描述。

但是，我并未十分专心地听。事实上，我对他所处的险境比对他的政治高见更感兴趣。我想，卡洛里迪斯和与他有关的事件与我无关，只能一切都随他去。所以，斯柯德说的那些事，我早已忘得一干二净了。我记得，他确信无疑的是，卡洛里迪斯到了伦敦才会有危险，而且危险来自最高层，不会由此引起怀疑。他提到过一个女人的名字——朱莉亚·捷切妮，与此威胁有关。我想，这会是个圈套，引诱卡洛里迪斯脱离警卫的保护。他说到过“黑石头”，还说到过一个说话口齿不清的人，特别提到了一个会令他发抖的老头儿。这个老头儿有着年轻人的嗓音，眨眼时像鹰一样。

另外，他会滔滔不绝地谈论死亡。为了完成使命，他忧心忡忡，对自己的生命却满不在乎。

我感到，这就像在精疲力竭时安睡，醒来时闻到干草的清香从窗外飘进来，带来了夏日的气息。我时常因为这样的清晨重现于青草之乡[①]而感激上帝。我想，当我在约旦河彼岸[②]醒来时，也会感激上帝。

翌日，他的心情大有好转，大部分时间都在看“石墙”——杰克逊[③]的传记。为了公事，我必须见一位采矿工程师，同他共进晚餐。我必须在十点半钟左右赶回来，在睡觉之

① 指肯塔基。——译者注

② 指冥界。——译者注

③ 托马斯·杰克逊（1824—1863），美国南北战争时期的南部联邦将军，外号“石墙”。——译者注

前进行我们的象棋比赛。

我记得，我推开吸烟室的门时，嘴里叼着雪茄。室内没有开灯，我愣住了——不知道斯柯德是不是已经睡着了。

我啪的一声按下开关——没有人。接着，我看见远处的角落里有个东西。嘴里的雪茄掉在了地上，我出了一身冷汗。

我的客人手脚伸开，仰面朝天地躺在地上，一把长刀刺入了他的心脏。长刀将他刺穿，插进了地板。

第二章　送奶人上路

我坐在扶手椅上，感觉有些恶心。大约持续了五分钟，我感到一阵战栗。地板上那张干瘦而惨白的脸非常惹眼，我实在无法忍受，便用一块桌布把它盖住了。我摇摇晃晃地走到食橱前，找到白兰地，猛饮了几口。我以前见过暴死的人——我在马塔比里战争中就杀死过几个人。但是，这种冷酷的室内勾当却大不一样。我仍然尽力定了定神，然后看了看表，已经十点半了。

我突然有了主意，想仔仔细细地把住所搜查一遍。没有

人，也没有任何人留下的任何痕迹。我关上所有的窗子，并且闩牢，拴上门链。

这时，我恢复了智力，又能思考了。我大约花了一个小时，对情况进行了分析，不慌不忙。因为，我还有时间深思熟虑一番，直到第二天早晨六点钟左右，除非凶手去而复返。

我十分为难——这是显而易见的。我对斯柯德所说之事的真相可能抱有的疑惑，现在不存在了。现在，证据就躺在桌布下面。得知他的底细的那些人发现了他，采取了最有效的手段，以灭其口。对，他已经在我的住处待了四天。他的敌人一定认为他把秘密都向我吐露了，下一个就该轮到我了。可能就在当晚，或次日，或后天，我的劫数已近。

我突然想到了另一种可能性。不妨出去把警察叫来，或者去睡觉，让派道克发现尸体，到早晨再报警。关于斯柯德的来历，我该怎么说呢？斯柯德的事，我对派道克说了谎，把整件事情弄得十分可疑。如果我和盘托出，把斯柯德对我说的事情全都告诉警察，那么警察只会付之一笑。想必他们会控告我犯了谋杀罪，根据旁证就足以绞死我。在英格兰，认识我的人很少，我没有真正的朋友能前来为我的人格担保。说不定，那些暗藏的敌人打的就是这种如意算盘。他们无事不精，要在6月15日之后除掉我。把我送进英国的监狱，无疑是一个妙计，妙如将一把刀插入我的胸膛。

还有，如果我把事情捅出去，就算侥幸被别人相信，我也是落入了他们的圈套。卡洛里迪斯会留在国内，正合他们的意。不知何故，我看到斯柯德那死气沉沉的脸，便顿时对他的计划深信不疑了。他死了，却曾向我吐露秘密。由我接手去完成他的任务，已义不容辞。

或许你会认为，对于一个有生命危险的人而言，我的想法未免荒谬。不过，我就是这么看的。我是个普普通通的人，不比别人勇敢，但我不能眼睁睁地看着一个好人倒下。如果我能替他实现他的计划，那么那把长刀就应该成为斯柯德一案的“终结”。

我思考了一两个钟头，终于想明白了，作出了决定。我得消失，必须在6月的第二个周末之前消失。我还得设法跟政府的人取得联系，把斯柯德对我说的事告诉他们。我想，他当初要是能对我多说一些该多好啊！他对我说那么一点儿的时候，我听得更仔细些该多好啊！除了最赤裸裸的事实，我一无所知。即使我躲过了其他险情，到最后仍然没人相信我，这风险才大呢！我好歹得试一试，希望能在政府面前证明我所说之事完全属实。

我首先要做的事，是在今后的三周里，马不停蹄地变换落脚点。现在是5月20日，也就是说，我得躲躲藏藏二十天才能冒着风险接近那些有权势的人物。要追缉我的有两伙人——斯柯德的敌人要置我于死地；警方因斯柯德凶杀案要捉拿我。会有一场追捕的好戏看，而且怪就怪在，其前景竟然使我感到欣慰。我懒散已久，对任何活动的机会都来者不拒。当我不得不听天由命，独自跟那具尸体在一起时，感觉自己还不如一只被捻过的小虫子。不过，如果我脖子的安全有赖于我的智慧，那么我准备欣然为之。

其次，我想到，斯柯德手头可能有文件，能提供更有用的线索，以便了解案情。我掀开桌布，搜他的几个口袋，因为我对尸体已经不再畏畏缩缩。瞬间被击倒的人，那张脸简直平静得令人惊异。上衣口袋里什么也没有，背心口袋里有点儿零钱和雪茄的烟嘴，裤子口袋里有一把小刀和一些金币，上衣侧面口袋里有一个很旧的鳄鱼皮雪茄烟盒。我曾见他用作笔记本的那个黑色小本子已无踪影，无疑是被凶手拿走了。

我搜完口袋，抬头看见书桌的几个抽屉被拉了出来。斯柯德不会用完之后扔下不管，因为他是最讲究整洁的人。一定是有人搜寻过什么东西——或许正是那个笔记本。

我在屋里四处走走，发现屋子已经被翻腾遍了——书的内页、抽屉、食橱、箱子，乃至我衣柜里衣服的口袋，还有餐室里的餐具架——却不见笔记本的踪影。敌人很可能已经找到了它，但不是在斯柯德身上找到的。

我拿出地图集，盯着英伦三岛的大地图。

我真想一走了之，去某个荒无人烟的地方。我在南非草原练就的本领能派上用场，尽管我在城里像一只被夹在捕鼠器里的老鼠。我认为苏格兰最理想，因为我家祖辈都是苏格兰人。作为普普通通的苏格兰人，我可以通行无阻。起初，我有个不成熟的想法——扮成德国游客，因为我父亲曾有过德国合伙人。我自幼说德语，说得十分流利，甚至花了三年时间在德国属地达马拉兰[①]勘探铜矿。不过，我觉得还是装成苏格兰人更

① 在西南非洲。——译者注

不显眼，也不容易跟警察对我过去生活经历的了解对上号。我选定了加洛韦[①]，它是最佳去处。据我了解，它是离这里最近的苏格兰荒原，从地图上看，人口不算太密集。

我查看了火车时刻表，得知乘坐七点十分从圣潘克拉斯开出的列车，可以在傍晚抵达加洛韦的任何一个车站。这再好不过了，但是怎么去圣潘克拉斯更重要，因为我很清楚，斯柯德的朋友们会在户外守候、监视。我有点儿犯难，但很快就有了妙招，于是上床不安稳地睡了两个钟头。

我四点钟起床，拉开了睡房的百叶窗。晴朗的夏日，清晨的微光洒满了天际。麻雀早已叽叽喳喳地叫个不停了。我的心情急转直下，感觉自己是被上帝遗忘了的傻瓜。我想顺其自然，相信英国警方对我这个案子会有合情合理的看法。我重新估量自己的处境之后，仍然拿不出证据来推翻前一天晚上作出的决定。于是，我一撇嘴，决定按原计划行事。我并不觉得特别害怕，只是不想轻举妄动、自讨苦吃罢了。我说这话的意思，你们大概是懂的吧。

我翻出了一套苏格兰呢的旧衣服、一双鞋底钉了钉子的结

---

① 位于苏格兰西南部。——译者注

实皮靴和一件硬领的法兰绒衬衫。我将一件备用衬衫、一顶布帽、几块手绢和一把牙刷塞进了我的几个口袋。两天前，我从银行取出了一大笔钱，准备给斯柯德用。我从中取出了五十英镑，放到我从罗得西亚[①]带回来的腰带里。我需要的东西，大概就这些了。然后，我洗了澡，把长得下垂的胡须剪短，留下了满脸的胡楂儿。

接着，是第二步。过去，派道克总是七点三十分准时到达，用钥匙打开弹簧锁进来。我经历过痛苦才知道，大概在六点四十分，那个送奶人就来了。随着罐子相撞发出的很大的哐啷声，我的那一罐牛奶被放在了门外。一大早骑车外出时，我看见过这个送奶人。他是个年轻人，身高跟我差不多，胡子稀稀拉拉，穿了一件白色外衣。我孤注一掷，就靠他了。

我走进阴暗的吸烟室，黎明的曙光透过百叶窗照了进来。我从食橱里拿出一杯威士忌加苏打水、几块饼干，算是吃了早餐。这时，已经快到六点钟了。我把烟斗放进口袋，然后从火炉边桌子上的烟草罐里取出一些烟草，放进了烟草袋。

---

① 津巴布韦的旧称。——译者注

我把手伸进烟草袋时，手指碰到了一个硬东西。我掏出来一看，正是斯柯德的那个黑色小笔记本……

这可是个好兆头！我掀起尸体上的桌布，看见那僵死的脸显得安详而威严，让我好不诧异。“再见了，老兄！”我说，“为了你，我要竭尽全力。不论你在何处，祝福我吧！”

我在走廊里走来走去，等送奶人来。真难熬啊！我心里堵得慌，不想待在屋里。过了六点三十分，到了六点四十分，他还没来。蠢货！哪天迟到不好，单挑今天这个日子！六点四十六分，我听见外面响起了奶罐相碰的声音。我打开前门，发现我盼望的人来了，从他运来的一堆罐子里拣出我的罐子，嘴里吹着口哨。他一看见我，就吓了一跳。

“你进来一会儿，”我说，“我有事对你说。”我把他带进了餐室。

“看样子，你还能搞点儿体育运动。”我说，“我请你帮我个忙，把你的帽子和白色外衣借给我用十分钟，这个金币就归你啦！”

他把眼睛睁得老大，看着金币，嘻嘻直笑。

“比什么呢？”他问道。

“打个赌，”我说，“我没有时间解释。要想赢，我就得充当十分钟的送奶人。你待在这儿，等我回来就行了。会耽搁一会儿，不过不会有人投诉。这一镑金币归你了。”

“行啊！”他爽快地说，“我绝不会破坏体育的规矩。给你衣服，先生！”

我戴上他那顶蓝色大帽子，穿上他的白色外衣，拎起那一堆奶罐，关上大门，吹着口哨下楼去了。楼下的门房叫我把嘴管住，看来我化装之后还挺像那么回事。

我原以为街上不会有人，却看见百码[①]开外有个警察，另一头有个无业游民慢吞吞地走着。我情不自禁地抬头看看，发现对面二楼的窗子后面有一张脸。那个无业游民经过时，抬头望了望。我相信，这是在交换暗号。

我过马路时，口哨吹得花里胡哨，像送奶人那样活蹦乱跳。我拐进第一条胡同，在拐弯处向左转，来到了一片空地上。僻静的小路上没有人。我把那些奶罐放在临时围篱后面，接着把帽子和外衣也放到了那里。我刚把我的便帽戴上，就从街角走来了一个邮差。我向他道了声“早安”。他也向我道了

① 英美制长度单位。一码约等于0.9144米。——译者注

声“早安”，没起任何疑心。这时，附近的一个教堂里响起了七点的钟声。

我不能坐失良机。到了尤斯顿路，我撒腿就跑。尤斯顿车站的钟表显示，已经七点过五分了。到了圣潘克拉斯，我根本没有时间去买票，更何况我还没有想好要去何处。行李搬运工告诉了我站台在哪儿。我跑进站台时，列车已经启动了，两名站台管理员拦住了我的去路。我一闪而过，爬进了最后一节车厢。

三分钟后，列车一路呼啸，穿过了北部的几个隧道。一个乘务员气呼呼地找到了我，给了我一张去纽顿-斯梯瓦的车票。这时，我才突然想起了这个地名。他把我从已经坐定的头等车厢带到了不禁止吸烟的三等车厢，那里有一名水手和一个带小孩儿的大个子胖女人。乘务员嘟嘟囔囔地离开了。我擦了擦额头，操着浓重的苏格兰口音对那两位同车人说：“赶火车可真辛苦啊！”看来，我已经进入了角色。

“这个列车员真不像话！”那个女人埋怨道，“该有个会说苏格兰话的来替换他！他抱怨这个娃娃没有票，可是娃娃到八月份才满一岁！他还不准这位先生吐口水！”

那名水手板着脸，附和了一声。就在这种对权威不以为然的气氛中，我开始了新生活。我提醒自己，一个星期前，我还觉得这个世界沉闷无趣呢！

第三章　客栈老板闲聊文学

这一天，我一路北上，过得倒是很有尊严。5 月，风和日丽，沿途的篱笆上开满了山楂花。我问自己，既然我是自由民[①]，为何一直赖在伦敦，一直没有体会过这超凡的乡村的美妙。我没敢在餐车露面，而是在利兹买了一份篮装的午餐和那个胖女人共享。我买了一份早晨出版的报纸，上面有德比赛马会参赛骑手的新闻，有板球赛已经开赛的消息，有巴尔干事态

① 指享有公民权利的人。——译者注

是如何恢复平静的报道，还有一个英军连队即将开赴基尔[①]，等等。看完报，我拿出斯柯德的黑色小笔记本，想琢磨琢磨。笔记本里面是一些速记，数字居多，偶尔有人名。例如，我时常发现“荷夫加德”“伦尼维尔”“阿佛卡多”等词，尤其是“帕维亚”一词。

我确信，斯柯德做任何事都是有道理的。我敢肯定，其中必有密码，这一直都是我感兴趣的问题。布尔战争期间，我在迪拉果阿海湾[②]当情报官员时，对破译工作有所接触。我在下棋、猜字谜方面颇有才能，自认为在破解密码方面颇有一套。我这次看到的数字之类的东西，有几组是跟字母表中的一些字母相对应的。这种玩意儿，任何精明的人花一两个小时都能找出线索。所以，我认为斯柯德不会满足于这类雕虫小技。于是，我盯住了那些印刷体的词，因为如果找到一个关键词来确定那些字母的顺序，就能设置一个相当有效的密码。

我试了几个小时，所有的词都无法帮助我找出答案。我睡着了，醒来时正好到达敦弗利斯。我匆忙地下车，朝加洛韦慢

① 德国北部的港口城市。——译者注
② 在莫桑比克。——译者注

车站赶去。车站上有个人，此人的长相我很不喜欢，而他却根本不瞟我一眼。于是，我从自动号码机的镜子里看见自己时，便丝毫不感到惊讶了：脸色蜡黄，一身破旧的花呢衣服，懒懒散散，正是那些往三等车厢里挤的山区农民的模样。

一路与我同车的有五六个人，我简直被粗烟丝和陶制烟管包围了。他们是从每周开放一次的集市来的，一开口便是谈价钱。我听见他们聊的是，在凯恩河、德伊奇河流域，以及其他一些神秘的流域，羊羔的繁殖数量已经大大增加。这些人大都已经饱餐过一顿，身上酒气很重，根本没把我放在眼里[①]。车声隆隆，火车慢慢地驶入了一大片树木稀疏的峡谷地带，继而驶向辽阔的高原沼地。此处湖泊密布，波光粼粼，高高的蓝色山丘蜿蜒向北。

五点钟左右，车厢已空，只剩下我一个人，正合我意。我在下一站下车。下一站是个小站，我没注意站名，地处沼泽地带的中心。它使我想起了卡鲁[②]的那些被人遗忘的小站中的一个小站。有个年迈的站长扛上铁锹，慢慢地走到列车跟前，处

① 双关语，有“没款待我”的意思。——译者注

② 在非洲西南部。——译者注

理完一个包裹，又回到菜园里挖土豆了。一个十来岁的孩子接过了我的车票。于是，我便出现在了蜿蜒于褐色高原沼地的一条白色大路上。

这是个美好春天的傍晚。一座座小山像打磨过的紫水晶一样明净。空气里透着沼泽中树根的气味，十分奇妙，却如外海一样清新，对我的情绪产生了不可思议的影响。我真的有了一身轻松之感。我仿佛不再是警方通缉的三十七岁男子，而是春天外出长途旅行的男童。现在，我的感觉就像在雾蒙蒙的清早坐牛车去南非草原旅行时一模一样。你信不信，我在路上大摇大摆地吹口哨呢！我心里没有作战计划，只想在这个清静的、充满了乡土气息的山乡走下去，因为每走一英里，我都会更加为自己感到高兴。

我在路边的林地砍了一根榛树的树枝当拐杖，然后立即离开了大路旁的小道。这条小道沿峡谷而下，一条小溪在峡谷里潺潺流过。我估计，我已然把所有追击我的人都远远地落在了后面，这一晚我兴许能随遇而安。已经几个小时没吃东西了，我肚子很饿，不知不觉地来到了瀑布边偏僻处的一个小屋。一个脸色黑里透红的妇人站在门边，带着高原地区的人所特有的

那种厚道与羞怯跟我打招呼。我说“我想借宿一夜”，她说“阁楼里有床”。她很快就给我端来了丰盛的晚餐，有火腿、鸡蛋、烤饼和浓浓的甜牛奶。

天黑时，她的男人——是个瘦高个儿——从山里回来了。他走一步，一般人得走三步。他们没有问这问那，因为他们跟所有的荒原居民一样有教养。我能看出来，他们以为我是做某种生意的商人。我不嫌麻烦，以确保他们的想法不至于落空。我大谈牲畜，我的男房东对此所知甚少。我从他那里打听到许多加洛韦当地集市的情况，记在心里，以备来日之用。十点钟，我在椅子上打瞌睡。阁楼里的床“收留”了一个精疲力竭的人，此人不到五点钟醒来是不会再让这个小小的家宅活跃起来的。

我付钱，他们不收。六点钟左右，我吃过早餐，再次向南迈进。我的想法是，返回铁路线，到比我前一天下车的地方更远的一个车站或两个车站去，然后扭头往回走。这样最安全，因为警察想当然地以为我会远离伦敦，向西面的某个港口进发。我有了挺不错的开始，因为据我推断，要归罪于我，那是好几个钟头以后的事，而要查明在圣潘克拉斯上车的某个人，就不是几个钟头的事了。

依然是晴朗宜人的春日天气，我要着急也着急不起来。我现在的心情比几个月以来的心情要好得多。我取道高原沼地的一个长长的山脊，沿着一座高山的边缘走。牧人把此处称作“弗利特的凯恩斯莫”[①]。筑巢的麻鹬和鸻鸟的啼声，处处可闻。溪流旁绿绿的牧场上草密之处，羊羔星罗棋布。过去数月的懒散悄然离我而去，我像个四岁的孩童，大步往前走。不一会儿，我便来到高原沼地的一个隆起处，它一直延伸到一条小河的河谷。在一英里外的石楠丛中，我看见了火车冒出的烟柱。

我到达了车站，它是我的理想之地，四周沼泽环绕。空地很小，只能容下单轨，侧轨很窄。这里有候车室、办公室、站长的小屋，还有个小院子，院子里种满了鹅莓和美洲石竹。这里跟别处似乎无路可通。半英里以外，冰斗湖的浪拍打着花岗石，又增添了几分凄凉。我在石楠丛中等着，直到看见地平线上出现了一趟东行列车冒出的烟柱。然后，我走到那个小小的

① “弗利特”是该地区某地的地名，而“凯恩斯莫”是苏格兰中部的山脉。“弗利特的凯恩斯莫”是“有山有水的好地方”之意。——译者注

售票处跟前，买了一张去敦弗利斯[1]的车票。

车厢里的乘客只有一位牧羊老人和他的狗——长着两只鼓眼的家伙，我可信不过它。老人睡着了，身边的椅垫上放着一份当天早晨出版的《苏格兰人报》。我迫不及待地一把抓住报纸，因为我想，它或许能给我透露点儿情况。

有两栏登的是所谓的波特兰大街凶杀案。我的仆人派道克报了警，送奶人被抓了。可怜的家伙！看来，送奶人那二十先令挣得也够辛苦的。不过，对我而言，给他那个价，就算很便宜了，因为他占用了警方大半天的时间。我从最近的消息中得知，另有说法，送奶人已被释放。我还得知，警方对真正罪犯的身份保持沉默。据悉，此罪犯已由北方某铁路线逃离伦敦。有一个简短的说明关系到我，说我是该寓所的所有者。我料想，警方加此一笔，是想让我相信自己并无嫌疑，此计实在不高明。

报上没有其他内容：没有事关外国的政治斗争的，没有事关卡洛里迪斯的，也没有曾经使斯柯德关心的事。我放下报纸，发现列车快要到站了——正是我前一天离开的那个站。那

① 苏格兰南部的自治市，在爱丁堡西南面。——译者注

位挖土豆的站长已经打起精神忙活了，因为西行的列车正停在站上让我们这趟车先过去。从那趟车上下来三个人，正向站长问这问那。我推测，他们是当地的警察，听了苏格兰场[1]的调遣，一路追踪而来，到了这条小小的侧线上。我静静地坐在暗处，密切注意着他们。其中一个人在小本上做笔记，年老的站长似乎一脸的不高兴，而曾经收过我的车票的那个小孩儿却有说不完的话。那三个人都密切地注意着对面那条白色大路尽头的沼泽地。我倒是希望他们到那里去寻觅我的足迹。

我们乘火车离开那个车站时，我那位同车的伙伴醒来了。他迷迷瞪瞪地瞥了我一眼，又狠狠地踢了狗一脚，问现在到哪儿了。显然，他是喝醉了。

“戒酒，戒酒，到头来成了这样。”他追悔莫及地陈述道。

我不胜惊奇，因为我遇到了一位佩戴蓝色丝带标识[2]的忠实成员。

“啊，可我是坚决主张戒酒的！”他斗气地说，“去年的圣马丁节[3]，我保证过。打那以后，我就没沾过一滴威士忌。大

---

① 即伦敦警察局。——译者注
② 亦称“禁酒会会员徽章”，是一种禁酒的标识。——译者注
③ 在11月11日。——译者注

年夜也没喝，虽说就我馋得慌。”

他抬起脚后跟，往座位上一放，邋遢的脑袋钻到了坐垫下面。

“这就是我戒酒的结果，”他悲叹起来，“头比地狱火还烫。到了安息日，我得想别的法子。”

“什么法子？”我问。

“有一种酒，他们叫它白兰地。我是戒酒的人，不喝威士忌，可是每天要抿一口这种白兰地。我怀疑，我半个月都好不了。”他声音渐弱，结结巴巴，睡意再一次向他袭来。

我原打算在前方的某个车站下车，但是列车突然间给了我一次更好的机会，驶到一条暗渠时停了下来。这条暗渠横跨一条哗哗流过、呈黑啤酒色的河流。我朝外一看，只见所有的车窗都关着，四下里不见人影。我打开车门，当即跳到了铁路旁的榛林之中。

要不是那只该死的狗，本来是会很顺利的。想来大概是这种情况：它认为我偷了牧人的东西之后跑了，便狂吠起来，幸好只咬住了我的裤子。这下可把牧人惊醒了。他站在车门口大喊大叫，以为我寻了短见。我爬过灌木丛，到了溪边，以矮树从为掩护，一口气往前跑了大约一百码。找到藏身之处后，我回头望了望，看见乘务员和几个乘客围在开着的车门四周，朝我这个方向张望。我离开时，即使有号手和铜管乐队在场，我也无法公开地一走了之。

幸好，那个喝醉了的牧人分散了大家的注意力。他和用绳子拴在腰上的狗一起猛地跳到车外，头朝下摔在铁轨上，滚到了河边。后来进行营救时，狗把某个人咬了，因为我能听到恶狠狠的咒骂声。他们顿时就把我忘了。我爬了不到一英里之后，立即回头看，发现那趟列车已经开动，渐渐消失在了隧道里。

我身处一大片高原沼地的半圆之中，那条暗褐色的河流便是半径。一连串的高山形成了北边的圆周曲线。不见人影，不闻人声，只听见水声激越，麻鹬的啼声不断。然而，说来也怪，我在被追捕时感到恐惧，这还是第一次。我想到的不是警察，而是另有其人。他们知道我已知悉斯柯德的秘密，不敢让我活着。我敢肯定，他们会以连英国法学界都闻所未闻的狡诈与警觉追踪我。一旦落到他们手里，我便会凶多吉少。

我回头看——什么也没有。阳光照在金属铁轨和溪流里湿漉漉的石头上，闪闪发光。在这个世界上，找不到比这更迷人

的景色了。我依旧弯着身子在沼泽地的小沟里向前奔跑，跑到汗水弄花了双眼。我跑到山边，发现了山下那条暗褐色的河流，水流湍急。我一屁股坐在山脊上，气喘吁吁。这时，我那不愉快的心情才离我而去。

从对我有利的位置望去，整个高原沼地和更远的铁路线，以及绿色的田野已经取代了石楠植物的南部地区，都一览无余。我有鹰一般的眼睛，却发现不了这个地方有丝毫动静。我看了看山脊东边，远处是另一番景色——浅绿色的山谷、茂密的松林、飞扬的尘土，这说明公路就在不远之处。最后，我仰望蓝色的5月天空，空中有一物使我的脉搏加快……

南边遥远的低空，有一架单翼飞机向上空飞去。就像有人告诉了我似的，我把握十足——它是冲我来的，而且不是警方的飞机。我在长满石楠的洼地里监视了它一两个钟头。它绕着山顶低飞，继而在我已到达的山谷上空盘旋，接着又似乎改变了主意，攀升到高空，掉头飞回了南边。

我可不喜欢这种空中侦察，对这个借以藏身的地方也开始不怎么放心了。如果我的敌人在空中，那么这些长满石楠的小山就掩护不了我，我得另找藏身之地。山脊之外青葱的乡下才使我更加满意，因为在那里，我应该能发现树林和石屋。

傍晚六点钟左右，我走出高原沼地，走上了一条像白丝带一样的道路。它弯弯曲曲地通向流淌着溪流的狭窄沟谷。我沿此路前行，可见田野却不见荒野。峡谷变成了高地，不久便到达了一个类似山口的地方。黄昏中，从一间孤零零的屋子中冒出了炊烟。那条路通往一座桥，有个年轻人靠在栏杆上。

他叼着陶制长烟管，在抽烟。他戴着眼镜，专心地望着桥下的流水。他左手拿着一本小书，手指夹在书里，以辨明已看到了哪一页。他慢悠悠地照本宣科起来：

一只鹫头飞狮飞奔而去，
穿过荒野、山丘和布满沼泽的山谷，
追击阿里马斯匹亚人。①

桥的拱顶石上响起了我的脚步声。他猛地转过身来，我看

① 见《失乐园》第二卷。此长诗是英国大诗人约翰·密尔顿（1608—1674）的名著。鹫头飞狮是传说中的一种狮子，长着鹰的头，以保护金矿为己任。阿里马斯匹亚人是塞西亚（黑海东北部的一个古地名）的一种独眼人，常从鹫头狮那里拿走金子。——译者注

见一张可爱的脸，晒得黝黑，一脸稚气。

“向你道声晚安。”他严肃认真地说，“夜色真好，适合赶路!”

一股烧泥炭的烟味和烧烤的香味从屋里向我飘来。

“是客栈吗?”我问道。

“听候差遣。”他彬彬有礼地说，“本人是店主，先生，希望你能留宿。说实话，一周以来就没来过房客。”

我走到桥上，靠在桥的栏杆上，往烟管里塞满了烟丝。我要结识一位新朋友了。

“年纪轻轻就当上旅店的店主啦!”我说。

“我父亲去年过世，把产业留给了我。我跟祖母一起住。这工作太没意思，不适合年轻人，不是我想干的那一行。”

“你想干什么?”

他居然脸红了。

“我想写书。”他说。

“你还想要什么更好的机会呀?”我问道，“老弟，我常想，客栈之主可以成为世上最好的小说作者。”

“现在不行了。”他热切地说，“在往昔或许行——往昔有朝圣者，有民谣作者，有拦路抢劫的盗贼，有行驶在路上的邮政马车。而如今不行，到这里来的只有坐满胖女人的汽车——她们会下车就餐。到了春天，会来一两个渔人。到了8月，来的是几个打猎的房客。这些是提供不了素材的。我要见世面，要周游世界，写出吉卜林[①]和康拉德[②]那样的作品。我充其量也就是在钱伯斯[③]的杂志上登几首小诗。”

我望着那客栈——在阴郁的群山映衬下，直立在夕阳里的客栈，显得金碧辉煌。

“我也曾混迹于世，不会瞧不起这么一个僻静的茅庐。你以为，只有在热带地区，在身穿红色衬衫的上等人当中才有可能发生奇遇吗？说不定这会儿你就跟奇遇擦肩而过了呢！”

“这话是吉卜林说的。”他目光炯炯地说道，引用了《迎来9月10日的传奇》中的几句诗。

“我这就给你讲个真实的故事。”我大声说道，“一个月之后，你就能根据它写出一本小说来。”

在这祥和的5月黄昏，我坐在桥上，给他讲述了一个美妙

① 拉迪亚德·吉卜林（1865—1936），英国诗人、作家。——译者注
② 约瑟夫·康拉德（1857—1924），英国作家。——译者注
③ 罗伯特·钱伯斯（1802—1871），苏格兰作家及出版商。——译者注

的故事。其要点是真实的，但我将一些细节做了改动。说来话长——我是金伯利[①]的矿业富豪，跟一桩非法钻石交易案有瓜葛。我揭发了一帮人。他们漂洋过海追踪我，杀死了我最好的朋友，现在要来追杀我了。

我讲得头头是道，不过我得说，换了谁都会这样。我描述了从卡拉哈里[②]到德属非洲的一次飞行，有焦急不安的白天，也有逍遥自在的夜晚。我描述了我乘船回国时危及我生命的一次袭击，也对波特兰大街凶杀案作了一番可怕无比的描述。“你要寻找奇遇，”我大声说道，“好啊，在这里你就找到了。那些恶棍在后面追我，警察又在后面追那些恶棍。这是一场竞赛，我非赢不可。”

“果然不假!”他低声说，使劲儿吸了口气，“简直就是赖德·哈迦特[③]和柯南·道尔[④]的作品嘛!”

“你相信我了。”我高兴地说道。

“我当然相信了。”他伸出手，“凡是异乎寻常的事，我都

---

① 南非的地名。——译者注

② 沙漠，在非洲南部。——译者注

③ 亨利·赖德·哈迦特（1856—1925），英国小说家。——译者注

④ 阿瑟·柯南·道尔（1859—1930），英国侦探小说家，以《福尔摩斯探案全集》闻名于世。——译者注

信，唯独不信平平常常的事。”

他很年轻，却正合我意。

“我看，他们跟踪我，眼下是跟丢了。我得躲一两天。你能让我住店吗？”

他热切地抓住我的胳膊肘，拉我进屋：“你可以舒舒坦坦地躲在这里，就跟躲在山洞里一样。我会想办法不让人瞎咧咧。再给我讲些冒险奇遇的故事吧！”

我走到客栈的门廊，听见远处传来引擎的嗒嗒声。阴暗的西边现出了我的“朋友”——那架单翼飞机的影子。

他在后屋给我找了个房间，视野极好，能看到高原。他叫我随意用他的书房。书房里堆着一些他喜爱的作家的平装书。我没看见他的祖母，或许是因为她卧病在床吧。一位名叫“玛吉特”的老妇人给我端来了晚饭。客栈老板时时刻刻跟着我，寸步不离。我得有自由支配的时间才行，于是我给他找了个差事。他有一辆摩托车，第二天早上我便打发他去买报纸。报纸通常是在下午晚些时候才跟邮件一起被送达。我告诉他，眼睛要尖些，遇见任何陌生人都得加以注意，对汽车和飞机要严加戒备。然后，我坐下来，实实在在、认认真真地对付斯柯德的

笔记本。

中午时分，他带回来了《苏格兰人报》。报上没什么消息，只是进一步提到了派道克和送奶人的行踪，另外重复了昨天的报道，说凶手已向北边逃走。不过，有一篇转自《泰晤士报》的长篇报道——事关卡洛里迪斯及巴尔干国家的局势，并未提及任何访问英国之事。下午，我把客栈老板支走了——探究密码之事，我正在兴头上。

正如我在此之前所说，是数字密码。我通过一系列精确的实验，几乎完全弄清了那些“零”和“句号”是怎么回事。难就难在那个关键词上。我想，他可能用过的词有无数之多。这时，我感到无望了。三点钟左右，我突然灵机一动。

“朱莉亚·捷切妮”这个名字在我的记忆里一闪而过。斯柯德说过，此姓名乃是卡洛里迪斯事件的关键所在。我想，不妨用它破译他的密码。

果然奏效，“Julia”这五个字母给我提供了元音字母的位置。“A”就是字母表里的第十个字母“J”，所以在密码中以

"X"[1] 代表。字母"E"就是"U"[2]，等于"XXI"[3]，以此类推。"Czechenyi"给我提供的是辅音字母的位置。我把这种搭配方式顺手写在一张纸上，然后坐下来细细琢磨斯柯德的记录。

不到半个钟头，我已琢磨得脸色发白，直用手指敲桌子。

我看了看窗外，见一辆游览汽车驶过峡谷，朝客栈驶来。车在门前停下，传来有人下车的声音。好像是两个人，身穿防水外衣，头戴苏格兰呢的便帽。

十分钟后，客栈老板走进房间，兴奋不已，喜形于色。

"下面有两个家伙找你。"他小声说，"他们在餐室里喝威士忌加苏打水。他们问起过你，希望能在这儿碰上你。啊！他们把你的模样说得一点儿不差，连你穿的靴子和衬衫都知道。我对他们说，你昨晚还在这儿，今天一大早就骑着摩托车走了。其中，有一个家伙口出恶言。"

我要他告诉了我他们的长相。他们一个较瘦，黑眼睛，浓眉毛；另一个脸上老挂着笑，说话大舌头。两个人都不是外国

---

① 罗马数字，即阿拉伯数字"10"。——译者注
② 字母"U"是字母表里的第二十一个字母。——译者注
③ 罗马数字，即阿拉伯数字"21"。——译者注

人——对此，我这位年轻的朋友确信无疑。

我拿出一小片纸，用德文写了以下内容，看上去像是信的一部分：

“……‘黑石头’。斯柯德识破了此情，但他在两个星期内无法行动。我不知道我现在是否能够起到好作用，尤其是卡洛里迪斯对其计划尚未拿定主意。如果T先生相劝，我将尽全力……”

这封短信，我伪造得十分精细，很像一封私信漏下的一页。

“拿到楼下去，就说是在我睡房里发现的。告诉他们，如果他们追上我，就把它还给我。”

三分钟后，我听见汽车开动的声音，便从窗帘后面窥视，瞅见了那两个人的身影：一个瘦，一个长得油光水滑。我探查到的情况，仅此而已。

客栈老板兴奋之至。“你的字条把他们惹恼了。”他高兴地说，“黑大个子脸色惨白，像个死人，咒骂了一通。那个胖子吹起了口哨，脸色难看。他们付了十先令的酒钱，不等我找钱就走了。”

“现在，我告诉你怎么办。”我说，“骑车去纽顿–斯梯瓦找警长，向他报告那两个人是什么模样，就说你怀疑他们跟伦敦凶杀案有牵连。理由嘛，你自己编就是了。这两个人还会回来。别怕，不是在今晚，因为他们还得沿着大路追踪我四十英里——明天早晨准来。告诉警方，让他们大清早赶到这里。”

他骑车而去，像个听话的孩子。我继续琢磨斯柯德的笔记。他回来后，我们一起用晚餐——礼尚往来。我只好允许他向我问这问那。我大谈猎狮，大谈马塔比里战争。我心里一直在想，这些事跟我眼下忙乎的事相比，真是太平淡无奇了。他去睡觉了。我熬夜，想看完斯柯德的笔记。我坐在椅子上抽烟，直到天亮，因为我无法入睡。

早上八点钟左右，我亲眼看见两名警察和一名警官到场。他们按照客栈老板的意思把车停在马房里，走进屋来。二十分钟后，我从窗口看见第二辆车从相反的方向驶过高地，没有来到客栈，而是停在两百码之外的一小片树荫下。我注意到，车上的人十分仔细，先把车掉好头才离开。过了一两分钟，我听见窗外的石子路上响起了他们的脚步声。

我原打算躲在睡房里不出去，看看有何动静。我的想法

是，如果我能让警方和那些更加凶险的追踪者会合，其效果或许对我更为有利。不过，现在我有了更妙的打算。我给我的客栈老板草草写下了感谢之词，然后开窗，不声不响地跳到了鹅莓丛中。我趁人不备，走过堰堤，爬到一条支流的岸边，到了林地那端的公路上。那辆汽车就停在那里，在朝阳之下显得干净而漂亮。车上的尘土说明它是远道而来的。我跳上驾驶座，把车发动，偷偷地向高地开去。

道路几乎在瞬间倾斜而下，我已看不见那客栈的踪影。不过，随风传来了一阵阵怒骂之声。

第四章　激进派候选人

你们大可想象一下，我是在5月的某个清晨，开着四十马力的汽车，让它拼命地奔驰在清新的高原沼地上。我先是回头张望，担心地盯着下一个拐弯处，继而视觉模糊，而在公路上行驶是要保持足够的警觉和清醒的。因为，我在玩命地思考我已从斯柯德的笔记里获得的线索。

那个小个子对我撒了不少谎。他说的那些有关巴尔干国家、犹太无政府主义者的事情以及外交部举行的茶话会，都是无稽之谈，而卡洛里迪斯之事亦然。不过，也不尽然。你且听我道来，我已经押上了全部赌注。信他之所言，已令我失望。这里的这个笔记本里说的完全是另外一回事。我不会“一朝被蛇咬，十年怕井绳”，我绝对相信它。

至于为什么，我不得而知。笔记本里所记之事显得非常真实。第一个故事——你当然明白我的意思——虽然令人费解，但在精神上是真实的。6 月 15 日将是决定命运的一天，它远比杀害一个迭戈[①]更加决定命运。事关大局，我没有责怪他把我撇开而一人单干。我看得很清楚，他的意图就是如此。他对我说的某些事听起来是够重大的，然而实情却重大百倍。这是他发现的，所以他要独当一面。我没有怪他——他毕竟把甘冒风险看作他的第一己任。

全部情况都记在笔记本里，不少空白有待他凭记忆予以补充。他也写下了他的一些当事人，并以奇特的方式分别标以数值，然后分门别类，借以代表在故事里各阶段的可靠性。他用印刷体写出的四个名字都是当事人的名字。有一个人叫杜克洛斯尼，给他标的是“五”，可能是“五分”。另一个叫阿莫斯夫特，给他标的是“三”。故事的关键所在都在笔记本里——

① 暗指卡洛里迪斯。——译者注

有个奇怪的短语出现了六次之多，被写在括号内，这个短语便是“三十九级台阶”。最后一次出现时是这样表述的：“三十九级台阶，我数过——满潮午后十点十七分。”我不知其所云。

我首先领略到，这不是制止战争的问题。战争即将到来，如同圣诞节一样确定无疑：如斯柯德所言，自 1912 年 2 月开始就在准备战争了，而卡洛里迪斯将成为诱因。他插翅难逃，必须在 6 月 14 日把筹码交还给赌场主，跟那个 5 月的清晨只相隔两周零四天。我从斯柯德的笔记中得知，这形势是任何力量都阻挡不了的。他提到的“伊庇鲁斯卫兵会剥他们祖母的皮”一说，纯属大放厥词。

其次，这场战争会使英国方面大吃一惊。卡洛里迪斯之死将使巴尔干国家相互倾轧，维也纳会以最后通牒的方式介入。俄国方面对此不会高兴，并且会争论不休。柏林方面则会当和事佬，化解纠纷，直至突然为争吵找到正当理由，挑争吵的毛病，在五个小时之内便把我们逼至绝境。他们打的就是这个算盘，而且是挺如意的算盘——甜言蜜语加上公正的言辞，然后在暗中出手。正当我们大谈德国的友好和善意之时，我们的海岸将神不知鬼不觉地被水雷包围，潜艇静候着每一艘战舰的

出现。

不过，这一切还取决于第三件事，那就是预计在6月15日发生的事。我曾偶然碰到一位从西非回国的法国参谋，他对我讲了许多事情。如果不曾遇见此人，我是不可能掌握上述情况的。其一，尽管议会里废话连篇，但法国和英国之间确实存在真正的、切实可行的同盟条约。双方的总参谋长经常会晤，制订共同的行动计划以备战争之需。一位大人物要在6月从巴黎来访，其成果至少是一项动员英国舰队严阵以待的声明。我认为，大致是这么回事。不管怎么说，此事重要，非同小可。

不过，在6月15日这一天，伦敦还会有其他一些人——其他什么人，我就只能猜了。斯柯德总喜欢把他们称为“黑石头”。他们代表的不是我们的盟国，而是我们的死敌。本应归法国所有的情报，将会转移到他们的口袋里。情报将被派上用场。记住，情报将在一周或两周之后派上用场，跟大炮和快速鱼雷一起突然在夏夜的黑暗中派上用场。

这就是我在能俯视一个甘蓝园子的那个客栈的后屋里破译出来的内情。这就是我大大咧咧地开着那辆游览车驶过一个又一个峡谷时，萦绕于脑际的内情。

最开始凭一时冲动，我打算给首相写信。稍加思索才想通，此举毫无用处。谁会相信我说的这些事？我必须有证据，真凭实据。天知道我能拿出什么证据。更重要的是，我自己决不罢休，到时机更加成熟时准备行动。这可不是轻而易举的事，因为英伦三岛的警察在我后面拼命追踪，还有“黑石头”的眼线们悄悄地、快速地在我后面穷追不舍。

我此行并无十分明确的目标，朝太阳的方向东行即可，因为我记得地图上的位置。如果北上，就会进入煤矿坑和工业小镇集中的地区。没过多久，我已远离高原沼地，横越了一条小河边的一大片冲积平原。我开车沿着圃囿外的围墙行驶了数英里，透过林木间的缝隙看见一座大城堡。我的车经过一些古老的小村落，村落里的小屋全是茅草屋顶；经过一条宁静的低地溪流；经过一座座花园，花园里的山楂和金链花绚丽多彩，像火一样。这大地如此幽静，如此太平，我难以相信竟然有人要谋害我——唉，而且是在一个月之内。除非我福大命大，否则四处的乡间景物将遭洗劫而吓得你目瞪口呆，英国将尸横遍野。

正午时分，我把车开到一个长长的、萧条的村子，想停车进食。半路上，有个邮局。邮局的女局长正和一名警察在台阶上埋头研究一封电报。他们看见我，十分警觉。警察向前走来，一抬手叫我停下。

我差点儿蠢到听从他的吩咐。我忽然想到，这封电报应当跟我有关。客栈里，我的那几个朋友早已商定，要联手缉拿我。他们拍电报到我可能路过的三十来个村落，说明我的长相、开的是什么车，这是轻而易举的事。我及时松开了刹车。警察抱住车盖，一头撞到车的左侧，只好松手。

我心里有数，不能走大道，于是改走小路。没有地图，行车困难，因为把车开上农场的小路，在鸭塘或马棚附近停下都要冒风险——这时间我可耽搁不起。我渐渐明白，偷这辆车真是干了件蠢事。在这辽阔的苏格兰大地上跟踪我，这个绿色的“大牲口”① 便成了再可靠不过的线索。如果弃车步行，不出两个钟头，这辆车便会被发现，那么在这场竞赛中，我就无法领先了。

当务之急是找到人迹全无的路。我很快便找到了这种路。我沿着一条大河的支流而上，进入峡谷，四周山势峻峭。然

---

① 指那辆游览车。——译者注

后，我翻越过了一个关口附近的螺旋形小路。这里荒无人烟，太靠北面。我转而向东，沿着一条崎岖的小路前行，最终到达了一条双轨铁路旁。远在下方，我看见另有一个宽阔的河谷。我想，如果能开车过去，或许能找到一家偏僻的客栈过夜。黄昏渐近，我已饥肠辘辘，因为早餐后就没吃过东西，只从卖面包的小车上买了几个小圆面包。

正在此刻，我听见天空中传来一阵响声。哎哟，是那架该死的飞机！它飞得很低，在南面大约二十英里处，正快速向我这个方向飞来。

我还记得，我曾在一大片光秃秃的沼泽地里被飞机掌控，唯一的机会就是躲到山谷里树叶茂盛的隐蔽处。我立即开车冲下山去，像一道蓝色的闪电。我放开胆子左顾右盼，眼睛还得死死地盯住那个该诅咒的能飞的机器。我很快就把车开到了一条两旁全是树篱的路上，然后急转直下，来到一个陡峭的河谷。随后，我来到一处密林，放慢了速度。

我忽然听见左边有另一辆汽车喇叭的嘟嘟声。使我感到惊奇的是，我几乎撞到了两根门柱。过了门柱，是一条通往公路的私用道路。我的汽车喇叭痛苦地吼了一声，但为时已晚。我

急忙踩刹车，用力过猛。我前面有一辆车横着朝我的方向滑动，车祸就在顷刻间。我别无选择，只能迎头撞进右边的树篱里——但愿会撞在远处柔软的东西上。

然而，我错了。我的车好似黄油，一滑而穿过了树篱，接着像生了病似的往前栽。我知道要出事，便扑向座位，打算跳出去。一根山楂树树枝卡在我的胸脯上，拖住了我。只见那一两吨重的昂贵的金属物从我身下滑了出去，跌跌撞撞地栽到离河床五十英尺处，可谓粉身碎骨。

那树刺慢慢将我松开了。我先倒在树篱上，继而轻轻地倒在一棵荨麻树下的庇荫处。正当我使劲儿要站起来时，一只手抓住了我的胳膊。传来了充满同情却惊魂未定的声音，问我是否受了伤。

我发现，出现在我眼前的是个高个子年轻人，戴着遮风眼镜，身穿粗呢大衣，不停地说“谢天谢地”，一声接一声地致歉。至于本人，回过神儿来之后，只有高兴了。这也算是一种弃车的方式吧。

“都怪我，先生。”我这样回答，“我这种行为实在愚蠢，总算没有再搭上一条人命。幸运，幸运！我在苏格兰的驱车旅游就此结束，但也可能是我生命的结束。"

他掏出怀表看了看。"你这个人很适合做朋友。"他说，"我可以腾出十五分钟。我的家离此地也就两分钟的路程。我要让你换衣服，吃点儿东西，好好睡上一觉。啊，对了，你的行李呢？跟车一起掉进小河了吗？"

"在我的口袋里。"我说着，拿出一把牙刷，挥动了一下，"我是殖民地的居民，轻装旅行。"

"殖民地的居民，"他大声说道，"就是嘛，你正是我求之不得的人。你该不会碰巧是一位自由贸易主义者吧？"

"我是。"我说。其实，他的意思，我完全摸不着门儿。

他拍拍我的肩，催我快上车。三分钟后，我们来到松林中令人舒心的狩猎小屋前。他把我领进屋，带进卧室，将他的五六套衣服扔到我面前，因为我身上的衣服已破烂不堪。我挑了一套宽大的蓝色粗哔叽套装——跟我以前的衣服相比，显得格外不同——配了一条亚麻布的硬领。然后，他把我强拉进了餐室，桌上摆着剩余的食物。他告知，我进食只有五分钟时间："你可以在口袋里放点儿小吃，我们回来之后再用晚餐。我得在八点钟赶到共济会本部，不然我的选举干事会对我发火的。”

我喝了一杯咖啡，吃了几片冷火腿，而他则远远地站在炉边的地毯上讲他的故事。

“你看，我现在焦头烂额……先生。对了，你还没有告诉我你的名字。叫‘特威斯顿’？跟六十年代的老汤米·特威斯顿是亲戚？不是？哦，我是这个地区的自由党候选人，要参加今晚在布拉特伯恩举行的会议。这是我的重点区，也是可恨的保守党的据点。我已邀请殖民地前任首相助手克伦普尔顿来此为我发表演讲，并已大贴海报，兴师动众。今天下午，那家伙发来电报说，他在布莱克普尔[①]得了流感，把事情都推到我头上了。我本打算进行十分钟的发言，现在却不得不发言四十分钟。我费尽心机，花了三个钟头，也无法延长我发言的时间。你得做做好事，帮帮我。你是自由贸易主义者，可以给我们的人谈谈各殖民地的保护贸易制是怎么回事。你们这些人都有能说会道的天赋——我真希望老天爷也让我有这种天赋。我将永远记住你的恩德。”

我对自由贸易所知甚少，不过想要达到目的也别无机会。

① 英国西北部的一个自治市。——译者注

我的这位年轻的绅士过于关心自己的困难，却没想到请一个刚刚死里逃生并损失了一辆价值一千畿尼的汽车的陌生人替他在会上即席发言，这也未免太离奇了。但是，我有急需，由不得我多想是否离奇，也由不得我对向我伸出的援手推三阻四。

“好吧，”我说，“我不怎么会演讲，但可以对他们谈点儿澳大利亚的事。”

他听闻此言，如释重负，连声道谢。他借给我一件驾车时穿的大衣，却不嫌麻烦地问我为何不带粗呢大衣就上路旅游。还有，当车开到满是尘土的路上时，有关他的简要经历的陈述不绝于耳。他是孤儿，他叔叔把他抚养成人——我忘了他叔叔的名字，只知道他是内阁成员，你在报上能读到他的演说稿。这位绅士离开剑桥后便开始周游世界，后因找不到工作，他叔叔劝他从政。依我看，他对政党没有偏好。“两个党里都有好人，”他兴致勃勃地说，“也都有很多混蛋。我是自由党，因为我们家族一直是辉格党[①]。”即使他不热衷于政治，他对别的事也是独具见解的。他发现我对马匹略知一二，便大谈德比赛马会的参赛人员名单。他制订了种种提高射击技术的计划。

① 自由党的前身。——译者注

总的来说，他是个清白、正派且经验不足的年轻人。

我们经过一个小镇时，两名警察向我们示意，要我们停车，并用提灯照了照我们。“请原谅，哈利爵士，”其中一个警察说，“我们奉命查一辆车，看来不像是您这辆。”

“好啊！”我的东道主说。我呢，感谢上苍，一路迂回曲折，总算平安无事。在此之后，他不再言语，因为演说在即，要挖空心思想想了。他嘴里念念有词，眼神呆滞。我开始为下一场灾难做准备。我打算想出点儿内容来说说我自己，脑子却枯竭得像块石头。我知道车已停在临街的一扇大门之外，我将受到身佩玫瑰花结、不停地叫叫嚷嚷的好几位绅士的欢迎。

厅里有五百来人，大多是妇女，还有不少秃头男人，以及十来个年轻人。主席是位矮个子牧师，鼻子微红。他为克伦普尔顿未能出席本会而深感遗憾，像戏剧里念独白那样针对克伦普尔顿患流感唠叨了一番，还给了我一个“可信任的澳大利亚思潮的领袖”证书。门口站着两名警察，但愿他们能注意到此证书。接着，哈利爵士开讲。

这类演讲我从未听过。就连该怎么讲，他都不知道。他手头倒是有大量的笔记，可以照着念——离开笔记就结结巴巴个不停了。他有时也能回忆起一句名言，便挺直腰板，像亨利·欧文[①]那样脱口而出，接着又弯着身子细声细气地念他的笔记——这是最荒唐之处。他说，“德国威胁”这种说法纯粹是托利党[②]凭空捏造的，想骗取穷人的支持，并阻挡社会改良的洪流。然而，“组织起来的工人”看明白了，嘲笑托利党人。他完全支持裁减我们的海军，以证明我们的诚意，然后向德国发出最后通牒，要德方也采取同样的行动，否则我们就要把德国打得落花流水。他说，对托利党而言，德国和英国在和平与改良方面将成为伙伴。我想起了我口袋里的那个小本子！斯柯德的许多朋友都关心和平与改良呢！

说来也怪，我竟然很喜欢他的演讲。你能看出，像填鸭那样填进他脑子里的是些不伦不类的东西，但在其背后却隐藏着微妙与机敏。同时，它解除了我的思想负担。我或许算不上一个演说者，但我要比哈利爵士强千百倍才说得过去。

轮到我了，我讲得并不差。我把我能记得的有关澳大利亚的情况向他们和盘托出，在心中祈祷，愿场上没有澳大利亚

① 亨利·欧文（1838—1905），英国著名戏剧演员。——译者注

② 即保守党。——译者注

人——讲的全是澳大利亚工党、移民和全球性服务。我是否提到过自由贸易，已无把握，但我说澳大利亚是没有托利党的，只有工党和自由党。此言一出，引起了一阵欢呼。接着，我告诉他们，只要我们全力以赴，在大英帝国的范围之内也能创造出辉煌的业绩——进一步唤醒了他们。

我自以为讲得很好，那位牧师却不以为然。他提议让大家表示谢忱时，说哈利爵士的演讲"有政治家风范"，而我的演讲则"极具移民代办的口才"。

我们回到了车里。我的东道主因大功告成而欣喜若狂。"绝妙的演讲，特威斯顿。"他说，"现在，跟我一起回家。我就一个人。你如果愿意在这里住上一两天，我可以带你去参观一种相当有趣的钓鱼活动。"

我们吃了一顿热腾腾的晚餐——我正求之不得——在一间宽敞舒适的吸烟室里喝掺水的烈酒。炉子里的木柴烧得噼啪作响。我想，是公开我的意图的时候了。看看此人的眼神，我觉得他可信。

"听我说，哈利爵士，"我说，"我有要事相告。你是好人，我就开诚布公了。你今晚的那些有恶意的无稽之谈，究竟是从何而来?”

他脸色一沉，沮丧地问道：“有那么糟吗？听起来确实很空洞。给我提供这些内容的主要是《进步》杂志，还有那个代办的小伙子不断给我送来的一些小册子。你当真不认为德国会跟我们打仗?”

“六周以后问这个问题，就不需要答案了。”我说，“如果你能好好听我说半个钟头，我就给你讲讲内情。”

我能看见这个亮堂的房间里，墙上挂着鹿头和旧照片。哈利爵士站在炉边的石板上，十分不安。我本人躺在靠背椅上陈述。我好像成了另外一个人，回而避之，倾听我自己的声音，细心判断我之所说是否确实可靠。按我的理解，把此内情告诉别人，这还是头一遭，对我有无限的裨益，因为它消除了我内心的疑云。我没有放过任何细节。有关斯柯德、送奶人、笔记本以及我在加洛韦的所作所为，他全都知道了。他顿时十分激动，在炉边的地毯上来回踱步。

“所以嘛，”我断言，“波特兰大街凶杀案悬赏的人就在这里，就在你家里。你负责派车去叫警察来，把我交出去。我来日不长，灾祸难免。在我被捕后一个小时左右，我会将一把刀扎进我的肋骨。然而，这是你的职责，因为你是守法的市民。一个月之后，你也许会后悔。不过，你没有任何理由去考虑后悔之事。”

他盯着我，目光明亮而坚定。“你在罗得西亚干什么工作，汉尼先生？”他问道。

“采矿工程师。”我说，“我发了财，来路正当，我乐此不疲。”

“该不会是削弱神经的职业吧？”

我大笑起来。“啊，至于吗？我的神经够健全的了。”我从墙壁的置物架上取下一把猎刀，然后抛刀、用嘴接刀，玩了一套古老的马绍纳[①]刀技。这可得有眼不跳、心不慌的本领才行。

他满脸笑容地看着我：“我不需要你证明什么。我在讲台上可能是个笨蛋，但我却能看出人是好是坏。你不是凶手，也不是傻子，我相信你说的是事实。我愿意支持你。现在，我该怎么办？”

“第一，我要你写信给你的叔父。我要在 6 月 15 日之前，

① 地名，在津巴布韦。——译者注

跟政府人士取得联系。”

他捋了捋胡子，说：“这对你毫无帮助。这是外交部的事，我叔叔沾不上边。另外，我绝对说服不了他。不行，我要想个更好的办法——写信给外交部的常务大臣。他是我的教父，这个办法最好。你想写什么内容？”

他坐在桌前。我口述，他记。其要点是，如有名叫“特威斯顿”的某人（我还是坚持用此名为好）在6月15日前来，应善待此人。特威斯顿将以暗语“黑石头”和用口哨吹出的安妮·洛利的歌证实其身份。

“好。”哈利爵士说，“这一招儿十分得体。对了，你将在乡间农舍找到我的教父——他叫瓦特·布利文特。他在那里过圣灵降临节，离肯尼河边的阿廷斯威尔很近。那么，下一步呢？”

“你的身高跟我差不多。把你现有的最旧的花呢衣服借给我。什么样的都可以，只要跟今天下午毁于车祸的那件衣服的颜色相反就行。其次，拿一张地图来，我看看周边的情况。你给我介绍一下地势。最后，如果警察来找我，你就让他们去山里看看那辆车。如果是另一帮人来，就告诉他们，你见到我之后，我已经乘快车南下了。”

凡此种种，他都照办了，或者说他答应一一照办。我把残留的胡子剃干净，穿上一套旧式服装——大概就是所谓的“混色毛纱衣料”的衣服吧。我身在何方？地图总算让我有了几分着落，让我知道了两件我想知道的事——通往南边的铁路主干线在何处；附近最荒凉的地区在何处。

我在吸烟室的靠背椅上睡得正熟。两点钟时，他把我从梦中叫醒了。我还没有睁开眼睛，他就把我带到了满天星斗的黑夜里，在工具库房里找到一辆旧自行车，交给了我。

“先右拐，朝那一大片冷杉林方向骑。”他嘱咐道，“天亮时，你就安然到达山里了。如果是我，就把自行车扔进沼泽，徒步去高原沼地。你在一周之内就能混迹于牧羊人之中，十分安全，就像你在新几内亚一样。”

我使劲儿蹬车经过山间陡峭的沙砾小路，直到天色泛白，清晨到来。太阳出来之前，雾气消散了。我发现自己来到辽阔的绿色世界，四周山谷环绕，远处的天际一片蔚蓝。不管怎么说，在这里，我能尽早地探知敌人的音信。

第五章　戴眼镜的养路工

我在关口的山顶上观察我所处的环境。身后的一条路通往一个狭长的山谷，也就是某条著名河流的上游峡谷。前面一马平川，约一英里，布满了沼泽坑和杂草丛。此路在远处沿着另一个峡谷陡斜而下，通往一片旷野。这旷野上空的青郁朦胧之色渐渐消散于远方。左右两侧都是“弯腰曲背”的青山，如煎饼锅一样平滑。南面——也就是我的左边——石楠丛生的高山隐约可见。我记得地图上标明这是一大片山区，所以我当即决定将这里作为我的藏身之处。现在，我身处高山地区正中心的高山顶上，数英里内有任何动静都能观察到。离道路下方约半英里处的草原上有个农舍冒着炊烟，这是有人烟的唯一迹象。此外，便只有鸻鸟的叫声和小溪流淌的潺潺声了。

现在是七点钟左右，我静候着。这时，又听见从天空中传来那不祥的嗒嗒声。我立即明白，我这有利的地形实际上有可能成为陷阱。在这光秃秃的绿野里，就算是一只山雀也找不到躲藏之地。

我绝望地静候着，那嗒嗒声越来越响。继而，我看见一架飞机从东边飞来，飞得很高。当我观望时，它下降了数百英尺，开始绕着那一大片山区盘旋。它盘旋的圈越来越小，就像老鹰在猛扑之前展翅一般。它现在飞得很低，上面的侦察员看见我了。我能看见飞机上有两个人，其中一个人正在用望远镜观察我。

它突然急速盘旋上升，再向东飞去，直至成为蔚蓝天空中的一个小斑点。

我不由得十分着急。我的敌人已经找到了我的方位，下一步该是在我的四周布下警戒线了。我不知道他们能动用何种武力，但我确信一定会无所不用其极。飞机上的人已经看见了我的自行车，由此推断我会走大路逃生。如果是这样，那么到右边或左边的高原沼地去，或许能找到逃生的机会。我离开公路，骑了一两百码，然后把车扔进一个沼泽坑，淹没在角果藻和毛茛里。我爬上小山丘，看见两道河谷。穿过这两道河谷的长长的白色带状公路上，没有任何动静。

我说过，整个地区连老鼠的躲藏之处都没有。天色渐亮，日光温暖而柔和，继而阳光普照、芬芳扑鼻，简直就是南非的草原。往常，我会喜欢这个地方。不过，眼下它使我感到窒息。这空旷的高原沼地就像监狱的围墙，这山里浓烈的空气就像地牢的气息。

我抛硬币——是头像，往右走；不是头像，往左走。结果是头像，所以往北走。不一会儿，我便来到一个山脊。我看见一条长约十英里的公路，在其远端有东西在移动，我认为是汽车。山脊之外，那起伏不平的绿色高原沼地消失在树木繁茂的峡谷里。我在南非草原的生活造就了我那鸢一般的眼力，我能看见的东西，别人要用望远镜才行……山坡那边约几英里之外有几个人在狩猎，很像是一群帮助猎人从隐藏处赶出野兽的助手……

我看不到地平线以外的地方。那个方向我去不了，必须试试远处公路以南更高的山丘。我刚才注意到的那辆车离我越来越近，但仍然相当远——它前面还有不少很陡的坡路。我拼命地跑。除了在山谷里，我都弯着腰跑，边跑边扫视前面的山脊。是想象还是看见有人——一个人、两个人，或许更多的人——在远处溪流经过的峡谷里走动？

如果你被困在一个狭小的地方，四面被围，便只有一种逃生的机会：待在那里不动，让你的敌人去找寻那个地方而不去找你。此话很有道理，但我身处这白色桌布般的地方，如何才能避人耳目呢？只有把自己埋在土里，只露出脖子，或躺在水下，或爬到一棵最高的树上。这里连一根木柴都没有，沼泽坑都是些小水坑，那条溪流不过是涓涓细流。什么也没有，只有矮小的石楠、光秃秃的山坳和那条白色的公路。

在一条小路的拐弯处，在一堆石头旁边，我发现了那位养路工。

他刚到达，正有气无力地挥动铁锤，神情多疑地看着我，接连打着哈欠。

“真该死，不养牲口了！”他说，仿佛是向整个世界有感而发，“那会儿由我做主，如今却成了政府的奴隶，给拴在路边了，从早干到晚，腰酸背痛。”

他拿起铁锤砸了一块石头，然后放下铁锤，一阵诅咒，两手捂住耳朵。“哎呀！我的头都要炸啦！”他嚷道。

他是个莽汉，跟我差不多高，腰更弯，下巴上的胡子有一个礼拜没刮了，戴着一副角质大眼镜。

“我干不了啦，”他又大声说，“检查员去告发我就是了！我该去睡觉了。”

我问他有啥事难办。其实，事情是明摆着的。

“难办的事，是我酒还没醒。昨晚是我二女儿梅兰的婚礼，他们在牛棚里跳舞跳到四点钟。我和几个小伙子喝了酒，然后就来了。我见酒就喝，一喝就上脸，多可惜！”

我跟他想到一块儿了——他确实该回去睡觉。

“说说倒容易！”他委屈地说，“我昨天收到的明信片上说，新来的养路检查员一会儿就到。他来了，找不到我。找到我，我也是醉醺醺的。我完了！我要回去睡觉，就说我病了。可是，我不能。这对我没好处，因为他知道我说我有病是怎么回事。”

我灵机一动。"新来的检查员认识你吗?"我问道。

"不认识——他干了才一个星期。他开着小车，坐在车里不出来。"

"你的家在哪儿?"我问道。他用摇摇晃晃的手指给我指了指溪边的一个小农舍。

"行，回去睡吧。"我说，"安心地睡，我来顶你的班，我来见检查员。"

他茫然地看着我，迷迷糊糊地还算明白我的意思，脸上露出醉汉的无精打采的笑意。

"你真够朋友，"他大声说，"这好办。这堆石头，我已经铺完了。上午，你就用不着多干了。你用手推车到路那头的采石场运些碎石来，堆好，明天再铺。我名叫亚历山大·特伦尔[1]，干这行干了七年。二十年前，我在利森湖搞养殖业。我的朋友们都叫我埃基，有时也叫我斯派基[2]，因为我戴眼镜，视力不行。跟检查员说话，嘴要甜点儿，要称先生，他会很高兴的。我中午回来。"

---

① 养路工说他名叫亚历山大·特伦尔（Alexander Trummle），可能是酒后说话口齿不清所致，因为后文中都称他为特恩布尔先生（Mr. Turnbull）。——译者注

② 此词读音与英文"眼镜"的读音相近。——译者注

我借了他的眼镜和脏兮兮的帽子，脱下我的外衣、背心和硬领，都交给他带回家。我还借了个额外的物件，那就是还剩有烟头的难看的陶制烟管。他向我交代了我要干的简单工作，不再啰唆，慢慢地走去就寝了。就寝是他的主要目的，但我想，酒瓶底也许还有所剩之物吧。我祈祷，在我的朋友们到达现场之前，他能安然无恙，把自己掩蔽好。

我着手为我这角色装扮一番。我解开衬衫领子——蓝白格子花的，十分俗气，是庄稼汉穿的那一种——露出棕色的脖子，跟流浪工人的一样。我卷起袖子，前臂像铁匠的前臂，晒得很黑，一块块旧伤疤显得很粗糙。因一路尘土飞扬，我的靴子和裤腿都已发白。我卷起裤腿，在膝盖以下用绳子捆住。接着，我开始拾掇我的脸：将一把土抹在脖子周围，形成水印。特恩布尔先生做斋戒沐浴时，大概也就洗到脖子为止吧。我在晒黑了的脸上搓了一把土。养路工的眼睛无疑是有点儿红肿的，所以我设法把尘土揉进眼睛，再使劲儿揉，颇有醉眼蒙眬之效。

哈利爵士给我的三明治，已随着我的外衣不翼而飞，而养路工包在一块红手帕里的午餐则可供我享用。我津津有味地吃了几块厚厚的烤饼和一些奶酪，喝了几口凉茶。手帕里有一份用绳子捆着的当地报纸，是寄给特恩布尔先生的——显然是供他在正午空闲时用的。我用手帕再把东西包起来，将报纸放在它旁边，十分显眼。

我的靴子让我很不满意，于是我在石子堆里猛踢，把靴面磨得像花岗岩，颇具养路工穿的鞋袜的特色。我把指甲盖儿咬缺，使劲儿刮指甲盖儿，把指甲边缘弄裂、弄毛糙。我要对付的那些人是不会放过细枝末节的。我扯断一只靴子的带子，重新系上，打成死结，又解开另一只靴子的带子，灰色的厚袜子就完全露在鞋帮外面了。路上仍无动静，我半小时前看到的那辆汽车一定是往回行驶了。

我装扮完毕，推起手推车，开始了往返于采石场那数百码的旅程。

我想起了罗得西亚的一位老侦察员。他当年干过许多不太可信的事。有一次，他告诉了我扮演角色的秘诀——认为自己就是那个角色。他说，除非你能设法说服你自己，你就是那个角色，否则将一事无成。于是，我排除杂念，一心扑在养路上。我想象着，那个白色的小农舍就是我的家，回想着当年在利森湖养牲口的日子。我一心想着自己睡的是一个箱形床，喝的是廉价威士忌，那是何等的美好！那条长长的白色大路上，仍无动静。

一只绵羊不时地从远处的石楠丛里蹒跚而来，盯着我瞧瞧。一只苍鹭拍翅飞下水塘去捕鱼，对我置若罔闻，如见路标一般。我继续干活儿，一车一车地推石头，迈着行家般沉重的步子。不久，我浑身暖和，脸上的尘土变成了密实的沙粒。我已在计时——干到傍晚，特恩布尔先生的这单调乏味的苦役就熬到头了。

路上突然响起了一阵清脆的声音。我抬头一看，是一辆福特牌两座小汽车，还有个圆脸蛋儿的年轻人，头戴圆顶硬礼帽。

“你是亚历山大·特恩布尔先生？”他问，“我是新来的郡公路检查员。你住在布莱克霍普夫特，从莱劳拜尔到里格斯路段归你管？好！这一段不短啦，特恩布尔——养护得还不错。离这儿一英里处有点儿松软，路西边得打扫打扫。就交给你啦，再见！你下次见到我就认识我啦！”

显然，我的装扮在这位令人敬畏的检查员看来算是够真实的了。接着干活儿！上午过去了。接近正午时，人稀车少，我高兴不已。一辆卖面包的有盖货车翻过山来。我买了一袋姜饼，放在口袋里备用。后来，一个牧人赶着羊群经过，粗声粗气地向我打听说："斯派基怎么啦?"这对我未免有些打搅。

"在床上躺着呢，得了疝气。"我答道。于是，牧人继续赶路。

正午时分，一辆大型汽车悄悄驶下山来，滑行而过，在离我数百码的远处停下来。三个乘客下了车，伸着懒腰向我信步走来。

其中有两个人，我曾经在加洛韦的那家客栈的窗口看到过——一个很瘦、精明、黑皮肤，另一个笑容可掬。第三个像个乡巴佬——是兽医，也有可能是小农场主。他穿着剪裁得很蹩脚的灯笼裤，眼睛跟母鸡一样机灵又警觉。

"早上好!"那第三个人说，"你这活儿清闲。"

刚才他们走过来时，我没抬头看。这会儿，有人跟我打招呼，我便慢慢地、费力地直起腰来，学着养路工的样子使劲儿吐唾沫，装成没有教养的苏格兰人的样子。回答之前，我仔细端详了他们一番。我面对的是连一丁点儿小事都不会放过的六只眼睛。

“活儿有好有坏。”我一板一眼地说，“我倒想干你们的活儿，屁股成天坐在软垫上。是你们和那么多的车破坏了我的路！要是我们有权利，破坏的该由你们修。”

眼尖的那个人盯着特恩布尔那包着东西的手帕旁边的报纸。

“你的报纸送来得挺及时嘛！”他说。

我毫不在意地瞟了报纸一眼：“是的，很及时，上星期六出版的，才晚了六天。”

他拿起报纸，看看姓名和住址，放回了原处。另一个人一直盯着我的靴子，用德语提醒刚才说话的那个人注意我的靴子。

“你的靴子很讲究啊，”他说，“不像是乡下鞋匠做的。”

“不是。”我毫不迟疑地说，“伦敦制造。是一位绅士送给我的，他去年在这儿打猎。叫什么名字来着？”我挠了挠我那健忘的脑袋。

那个精明的家伙又在说德语。“我们上路吧，”他说，“这家伙没问题。”

他们问了最后一个问题：

“你看见有人今天早晨经过这里吗？可能是骑自行车，也可能是步行。”

我差点儿落入圈套，瞎编了一通，说有个人在蒙蒙亮的拂晓骑车匆匆而过。但是，我意识到，要面临危险了，于是装出认真思考的样子。

“我没早起，”我说，“你知道，我女儿昨晚出嫁，闹到很晚。七点钟左右，我开门时，路上没有人。我上工后，来过卖面包的，还有从鲁契尔来的牧人，还有你们几位。”

其中一个人递给我一支雪茄。我小心翼翼地闻了闻，把它放到特恩布尔的包裹里。他们上了车，转眼间便没了踪影。

我心里一怔，重负消释。我继续搬运石料。这倒也好，因为十分钟后那辆车又回来了，乘车人之一向我挥了挥手。这些家伙是不会留下可乘之机的。

吃完特恩布尔的面包和奶酪，我没过多久便运完了石料。下一步怎么办？我有些犯难。这养路工的活儿，我不能久干。仁慈的上帝是把特恩布尔留在家里了——如果他到现场来，事情就难办了。依我看，峡谷一带封锁得仍然很严密，无论我朝哪个方向走，都会遇到盘查的哨卡。但是，我非走不可——暗中受到监视超过一天，是任何人的神经都受不了的。

在岗位上坚持到五点钟，我决心在天黑时下山到特恩布尔的农舍去，找机会趁夜色翻山离开。一辆新车突然出现在路上，在离我数码处慢慢停下来。刮来一阵强风，那车主打算点燃一支香烟。

这是一辆游览车，后座上放着全套行李，里面坐着一个人。真可谓无巧不成书，此人我认识。他叫“玛马杜克·乔普利”，是个孽种。他炒股不择手段，奉承一些头面人物、富有的年轻贵族以及愚蠢的老妇人，以此手段做生意。据我了解，“玛密”[①] 其人在舞会上、马球赛场上、乡绅贵族的庄园，都是尽人皆知的常客。他是个传播丑闻的老手：只要事关头衔或百万巨款，要他趴在地上爬一英里，他都愿意。我到伦敦时，向他的公司作过业务介绍。承蒙他的好意——他请我在他的俱乐部进过餐。他当场大肆炫耀，大谈他的那些女公爵[②]，大谈他的谄上傲下，简直令我作呕。后来，我问别人为什么没有反

① 玛马杜克的昵称。——译者注

② 暗指她们是他的客户。——译者注

对他，得到的回答是：英国人是敬重女性的。

总之，他现在就在这里，穿着整洁地坐在崭新的车里，显然是要去拜访他的某些时髦的朋友。我突生奇思异想，一下子跳到车的后座上，抓住了他的肩膀。

“你好啊，乔普利！”我大声说，“幸会呀，朋友！”

他惊慌失措地张着嘴，瞪着我。“你是谁？”他喘着气说。

“我叫汉尼，”我说，“从罗得西亚来。你肯定记得！”

“天哪，那个杀人犯？”他哽住了。

“正是。如果你不按我说的做，亲爱的，就会发生第二次凶杀。把你的外衣给我，还有帽子！”

他一一照办，因为他被吓破了胆。我把他那时髦的驾驶服套在我的脏裤子和俗气的衬衫外面，扣上最上面的纽扣，以掩饰我没有戴硬领之不足。我把帽子往头上一扣，再戴上他的手套，以备装扮之用。满身尘土的养路工顿时变成了苏格兰最整洁的车手之一。我把特恩布尔的那顶难以言状的帽子扣在乔普利先生的头上，不准他拿下来。

我掉转车头时，十分费力。我打算把车开到他来的那条路上，因为岗哨此前已见过此车，不会予以注意，会让其通行。

但是，玛密的身材跟我的身材相去甚远。

“老弟，”我说，“好好坐着，听话，我不会伤害你，只把你的车借用一两个钟头。你要是跟我耍花招，你要是开口说话，上帝在上，我就拧断你的脖子。记住了?”

傍晚，我一路开车，顺山谷而下，十分愉快。行驶了八英里后，我的车穿过了一两个村子。我不禁注意到，有几个怪模怪样的人在路边闲逛。他们就是岗哨。我来此地，如果穿的是别的衣服或有同伴，他们就会对我有说不完的话。还好，他们若无其事，在一边观望。有个人用手指碰了碰帽檐，向我致意，我泰然自若地予以回礼。

夜色降临，我把车开到了一个峡谷边。记得地图上说，这里通往一个被众多小山环绕的人迹罕至的角落。一个个村子很快便落在了我的车后，接着是一个个农庄，再接着是一座座路边的农舍。我很快便来到了一个荒凉的高原沼地。在这里，夜色正使沼泽水坑里倒映的夕阳微光渐渐暗淡下来。我把车停在这里，信守诺言，将车掉头，物归原主——乔普利先生。

“万分感谢!”我说，“你的用处之大超出了我的想象。现在离开吧，找警察去。”

我坐在山坡上，看着汽车尾灯的灯光渐弱。这时，我回想起了我试验过的各种犯罪方式。与通常的情况相反，我不是凶手，却成了邪恶的说谎者、无耻的骗子和对高价汽车有明显爱好的拦路抢劫者。

第六章　秃顶收藏家

我在半山腰的一块扁平的岩石上过夜，靠一块巨石挡风。那里的石楠长得高而且柔软。这可是一笔需要受冻的交易，因为我没有穿外套，也没有穿背心。外套和背心都在特恩布尔先生那里，由他保管着，斯柯德的那个小笔记本和我的手表亦然。更糟的是，还有我的烟斗和烟草袋。只有腰带里的钱陪伴着我。另外，裤袋里有半磅姜饼。

我把姜饼吃了一半，然后慢慢爬进石楠丛深处暖和暖和。我心情极佳，感到这捉迷藏式的疯狂游戏十分有趣。到目前为止，我奇迹般地十分幸运。送奶人、喜欢文学的客栈老板、哈利爵士、养路工，还有白痴般的玛密，都给我带来了本不该有的好运道。但是，首战告捷[1]却使我感到，我将渡过难关。

饥饿难熬是最大的困难。伦敦商业中心区有一个犹太人自杀了。验尸后，报上经常说死者“营养良好”。记得我曾经考虑过，如果我在沼泽地的坑里摔断了脖子，他们是不会说我营养良好的。我躺着，因为姜饼只会加剧空腹的疼痛。最使我颇受折磨的是，我不由得回想起了自己在伦敦时极少问津的各种美食。派道克[2]的脆皮香肠、香喷喷的火腿片、外形漂亮的水煮荷包蛋——我都不屑一顾！而对俱乐部做的炸肉排和冷餐桌上的特色火腿，我却垂涎欲滴。我对人类能吃的各种食物迟疑不决，最后选定了上等牛排外带一夸脱苦啤酒，再加上一份抹在面包上的熔化干酪。这些可口之物，只可想而不可得。于是，我渐渐入睡了。

天亮后一个小时，我醒来了。我又冷又僵，不知身在何处。过了一阵子，我才想起来，因为疲惫不堪，我一睡难醒。

---

① 指装扮成送奶人逃离。——译者注

② 指在伦敦时的男仆。——译者注

我首先透过石楠花丛看见了蓝色的天空、巨大的山脊，看见我的靴子好端端地搁在一片欧洲越橘丛中。我撑起身子，向下看了看山谷。这一看不要紧，我赶紧系好了鞋带。

下面有人，离此地不到四分之一英里。他们排成扇形，分散在山腰，在石楠丛中搜寻。玛密伺机报复，来得可不慢呢！

我爬过山腰，走进扁平岩石的隐蔽处，由此到达了沿着山的正面倾斜而下的一条浅沟。顺着此路，我很快来到了狭窄的溪谷，又爬到了山脊之顶。往后一看便知道，我仍然未被发现。追踪我的那些人正耐心地奔忙于山腰一带，一路向山上移动。

我背朝一个方向的地平线跑了大约半英里，估计跑到之处比峡谷最高的一端还高。我故意暴露自己，立即引起了一名侧翼追踪者的注意——他向其他人传出了口令。我听见从山下传来喊叫声，并发现搜索线已改变了方向。我假装朝地平线方向往回跑，其实是沿原路向前跑，二十分钟便到达了高耸于我睡觉之地的那个山脊的后面。从这个视点，我满意地看到，追踪行动正按照毫无希望的错误线索向峡谷之顶展开。

我面前可供选择的路不止一条。我选定了通向山脊的

路——它与我所在的山脊形成了角度，在敌人与我之间很快便会隔着一道深深的峡谷。这番操练使我浑身暖和，不禁感到快活无比。我一边走，一边把剩下的满是尘土的姜饼当作早餐咽下。

对这片地区，我所知甚少，而下一步如何，也无打算。我信得过我的腿劲儿，也知道追踪我的人熟悉这一带的地形。我的孤陋寡闻将对我万分不利。我看见前面山岭纵横，山势很高，向南延伸，而朝北的一面却形成了许多宽阔的山脊。这些山脊将一些宽而浅的山谷分隔开来。我选定的那个山脊似乎在一两英里处下陷成为一片高原沼地，形同高地上的一个口袋。看来，这是可供选择的正确方向。

我的谋略使我抢先了一步，就算二十分钟吧。看见头一批追踪者露出脑袋之前，我已经把峡谷远远地甩在了后面。警方显然已经调来了当地的行家给予帮助。我能看见的那几个人是牧人或猎场看守人的模样。他们一看见我，便大声喊叫。我挥了挥手。有两个人潜入峡谷，向我所在的山脊爬来，另外几个人坚守在山边。我仿佛是在参加一场学童们玩儿的猎犬追兔子的游戏。

很快就不怎么像游戏了，在后面紧追不舍的那些家伙都是当地的壮汉。我回头一看，只有三个人直接尾随。我料想其余的人已迂回前进，以截断我的去路。我对当地的情况缺乏了解，这很可能成为祸根。我决定远离峡谷这个是非之地，到我曾在山顶看见过的高原沼地上的那个洼地去。我必须拉大距离，摆脱他们。只要有理有据，我一定能做到。如果有掩护物，我早就昂首阔步了，但在这光秃秃的山坡上，甚至能看到一英里以外的苍蝇。我的希望在于，一定要知道自己的不足，要掌握正确的方向，但也要有说得过去的理由，因为我毕竟不是训练有素的登山家。我多想有一匹南非矮种马呀！

在我身后的地平线附近出现任何人之前，我必须一口气跑过山脊，冲过高原沼地，穿过小溪，到公路上去。这条公路成了两个峡谷之间的关口。我前面的一大片石楠一直蔓延到山顶。山顶长满了一种形状奇特的树。路旁的堰堤有一道闸门，一条长满野草的小径从这里伸向起伏不平的高原沼地。

跳过堰堤，一路前行，走了数百码之后，我到了看不见公路的地方。那里野草全无，有一条相当好的道路，显然是经过一番养护的。它豁然通往一个住宅。我很想照老办法行事。到目前为止，我的运气不错，或许能在这偏僻的寓所里碰上最好的机会。幸好那里树多——树多就意味着可以隐蔽。

我不走这条路，而是沿着路右边的小溪向前走。那里的欧洲蕨长得很高，堤岸也很高，构成了相当不错的屏障。我这个办法很有效，因为我刚到洼地，回头一看，就看见他们追踪到了山脊之顶，而我正是从那个山脊上下来的。

此后，我不再往后看——我没有时间。我跑到小溪边，爬过空旷地带，一大半路程是在浅浅的小溪里蹚。我发现了一个废弃的农舍，屋外有一堆幽灵似的泥炭和一个杂草丛生的花园。接着，我走进嫩草丛，来到终年挡风的冷杉林地。在这里，我看见房顶上的烟囱冒出的烟飘向我左边数百码以外的地方。我不取道小溪边，而是越过另一道堰堤，几乎在不知不觉中来到了一片荒芜的草地。回头一看便知，我已经到了追踪者完全看不见的地方——他们还没有越过高原沼地的第一个小丘呢！

草地十分荒芜。草是用长柄镰刀割的，而不是用割草机割的。这里有几个种着矮小的杜鹃花的花圃。我走近时，一对松鸡——一般来说，它们不是生长于花园的鸟类——见我来了，便拍翅而起。我面前的屋子是极为普通的高原沼地农场住宅，带一个侧厅，刷过水粉，更显得超凡脱俗。与这个侧厅相连的是一条玻璃走廊。我透过玻璃看见了一张年长的绅士的脸——他正和颜悦色地看着我。

我偷偷地走过满是粗糙沙砾的花坛，走进开着的走廊的门。里面是一个十分讲究的房间，一边是玻璃，另一边是一大堆书籍。里屋的书籍更多，地板上——而不是书桌上——放着一些小箱子。正如你在博物馆里所见，小箱子里装满了硬币和稀奇古怪的石器。

屋子正当中放着一张左右都有抽屉的写字桌。坐在桌前，面对着一堆报纸和翻开的书卷的，就是那位亲切的老绅士。他的脸圆而有光泽，活像匹克威克先生①的脸。那副大眼镜就架在他的鼻梁上。他的头顶又亮又秃，像个玻璃瓶。我走过去，他竟然一动不动，只扬了扬他那慈祥的眉毛，等我开口。

时间大约只有五分钟。要告诉陌生人我是何人、有何要求，并得到陌生人的帮助，远非轻而易举之事，我只好作罢。我面前这个人的眼睛非同一般，显得十分敏锐且充满了智慧，

① 英国大作家狄更斯的名著《匹克威克外传》里的主人公。——译者注

让我难以形容。我干脆凝视着他，而且笨嘴拙舌。

“你像是有急事，我的朋友。”他慢条斯理地说。

我朝窗子那边点了点头。窗外是农场，里面有个豁口。远处是高原沼地。半英里之外，有几个人在石楠丛中迷了路。

“啊，我明白了。”他说着，拿起双筒望远镜，耐心地观察着那几个人的动静。

“是逃犯，嗯？噢，这件事等我们有空的时候再谈也不迟。同时，我也反对愚蠢的农村警察闯入我的隐居之处。到我的书房去，那里有两扇门。打开左边的门，进去后把门关好，你会安然无事的。”

这个非同凡响的人又拿起了笔。

我听他的，走进了一间黑暗的小屋。屋里有股化学制品的气味，从墙壁上方的一个小窗户照进来一点儿光亮。房门咔嗒一声关上了，像关上保险柜的门一样。我再一次找到了意想不到的藏身之处。

但是，我仍然很不自在。这个老人总有些使我感到迷惑，也有些使我感到害怕。他过于平易近人，也过于随和，简直像一直在等我似的。他充满智慧的眼睛显得凶狠恐怖。

在那个黑黢黢的地方，听不到一丝响声。警察可能会来搜查房子。如果这样，他们就会查看这门后的情况。我竭力忍耐，连肚子饿也顾不上了。

过了一会儿，我转而去想令人高兴的事。老绅士总不至于不给我一顿饭吃吧！我在想象中开始考虑早餐的问题。火腿蛋合我的意，但我要火腿上肉最嫩的那一部分，外加五十个鸡蛋。正当我翘首以待、垂涎欲滴之时，咔嗒一声，门开了。

我出现在阳光之下，发现房子的主人靠在被他称为“书房”的房间里的一把深深的靠背椅里，以好奇的目光打量着我。

“他们走了？”我问。

“他们走了。我说服了他们，说你已翻山而去——我可不能让警察离间我和我衷心尊敬的人。对你而言，这是个幸运的早晨，理查德·汉尼先生。”

他说话时，眼睑似乎在抖动，并且慢慢地盖住他那双敏锐的眼睛。我顿时想起了斯柯德的那句话，他说那个人是他在这个世界上最害怕的人。他是这么说的：“他能像鹰一样用眼睑盖住眼珠。”我明白了，我直接进入了敌人的大本营。

起初，我冲动不已，打算掐死这家伙之后往野外跑。他似乎看出了我的意图，微微一笑，朝我身后的门点了点头。我转过身，看见两名男仆用枪对着我。

他知道我的姓名，却从未见过我。这念头在我的头脑里闪过时，我知道机会渺茫了。

“我不明白你这话是什么意思。”我粗鲁地说，“你称呼的理查德·汉尼是谁？我叫艾斯利。”

“那又怎么样？”他说，依然面带笑容，“不过，你当然还有别的姓名。我们大可不必为姓名而争论。”

现在，我已振作精神，开始思量：我这身衣装，没有外衣，没有背心，也没有硬领，无论如何都不会暴露我的身份。我摆出一副凶相，耸了耸肩。

“我看，你最终还是要把我交出去。我称之为‘卑劣的手段’，该诅咒。天哪，当初我要是没碰见那辆汽车该多好啊！钱在这儿，你见鬼去吧。”我把八十先令扔到了桌上。

他略微睁开眼睛：“哦，不必这样，我不会把你交出去的。我的朋友们和我将跟你私下了结，仅此而已。你知道的有点儿太多了，汉尼先生。你是个聪明的演员，但又不够聪明。”

他说得很自信，但我能看出，他心里已经产生了怀疑。

“哦，看在上帝的分儿上，别唠叨了！”我嚷道，“事事都跟我作对，我在里斯上岸时就倒霉透了。真可怜，空着肚子，在一辆报废的车里捡了点儿钱。我这是招惹谁了？我干的也就这些。就为这，那些该死的警察在那些该死的山上追击了我整整两天。我告诉你，我受够了。你想怎么着就怎么着吧，老兄！奈德·艾斯利已斗志全无了。”

我能看出，他的怀疑有增无减。

“能否劳驾谈谈你最近的所作所为？”他问道。

“我办不到，先生。”我哀诉道，俨然一个地道的乞丐，“两天来，我没吃过一口饭。让我吃上一口饭，你就能听到绝对的真理。”

我一定是流露出了饥饿的表情，因为他向门道里的一名男仆打了个手势。他们端来一个冷馅饼和一杯啤酒，我像猪一样大吃猛喝。更确切地说，是像奈德·艾斯利，因为我要让我这个角色继续下去。饭吃了一半，他突然用德语跟我说话。我转过脸看着他，神情木然，像一道石墙。

我给他讲了我的故事。一周前，我在里斯的“天使长号”

海轮上下来，走陆路去辉格顿找我的兄弟。现钱所剩无几——我隐隐约约地暗示，是花钱狂饮作乐了——倒也不是一贫如洗。这时，我在石楠丛中发现了一个洞口。我往外一看，看见小河里有一辆汽车。我东看看，西找找，想知道究竟出了什么事。我发现座位上有六十先令，地上有二十先令。四周无人，也不见有车主的踪迹。于是，我把这些钱揣进了口袋。可是，法律会跟我过不去。我想在一家面包店兑换二十先令。这时，那个女店主报了警。过了一会儿，我在小河边洗脸时差点儿被抓，只好把外衣和背心撂下。

“他们可以把钱要回去呀，”我大声说，“因为这钱就没给我带来一点儿好处。那些混蛋都欺负穷人。先生，如果这一镑金币是你发现的，就不会有人来找你的麻烦了。”

“你真能编呀，汉尼！”他说。

我大为恼火：“别耍花招了，见你的鬼！我告诉你，我叫艾斯利，有生以来就没听说过叫汉尼的人。我宁愿面对警察，也不愿面对你和你那一口一个‘汉尼’的胡扯，不愿面对你糊弄人的枪手的鬼把戏……不对，先生，请原谅，我不是那个意思。你给了我吃的，我不胜感激。现在时机正好，让我一走了之吧。为此，我要感激你。”

他显然有些不知所措。你想，他从没见过我。如果他有我的照片，跟照片对比一下，就会发现我现在的模样已经和从前大不一样了。在伦敦，我穿着十分讲究入时，而现在却是个不折不扣的流浪汉。

“我不打算让你走。如果你是你所说的那个人，那么你很快就会有洗清你自己的机会。如果你是我认定的那个人，那么你就会不久于人世了。”

他摇了摇铃，第三名男仆出现在走廊里。

“五分钟内给我备好车。”他说，“准备三个人的午饭。”

他坚定沉着地盯着我——这才是百般考验中最严峻的考验。那两只眼睛显得冷酷、恶毒、神秘、机敏而格外凶狠。它们像蛇眼一样明亮闪烁，震慑着我。我一时冲动，真想依附于他的仁慈，加入他们一伙。如果你留意到我的这一切感受，就能看出这种冲动纯粹是肉体上的冲动。一个聪明人变怯懦了，是因为他被一种更强大的魔鬼所迷惑、所控制了。但是，我竭力顶住，甚至咧嘴一笑。

“下一次你就认识我了，先生。”我说。

“卡尔,”他用德语对过道里的男仆说,“把这家伙关进贮藏室,等我回来再说。把他看管好,回头向我报告。”

贮藏室里潮湿不堪。这里曾经是个旧农舍。地面凹凸不平,没有铺地毯,无处可坐,只有一个长条凳。一团漆黑,因为窗户已被关死。我用手摸了摸,才知道四面墙边堆着箱子、木桶以及装满重物的袋子,散发出一股发霉的气味和长期无人使用而产生的气味。看守锁上了门。他们在外面站岗,我能听见他们来回走动的声音。

我坐在寒丝丝的黑暗里,痛苦不堪。老家伙已乘车前去召集前一天曾盘问过我的那两个恶棍。他们见到的我,是个养路工。他们会记得我,因为我依然穿着那身衣服。养路工在离他的养路段二十英里的地方干活儿,又被警察追缉——这是怎么回事?只要暴露出一两个疑问,他们就会追查下去。或许他们遇见过特恩布尔先生,或许也遇见过玛密。更有可能的是,他们会把我跟哈利爵士扯到一起,那样的话就真相毕露了。在高原沼地的这间屋子里有三个无赖,还有他们的几名全副武装的仆人,我哪能有可乘之机?

我不由得对警察抱有了希望——他们现在正尾随我跋涉于山间。他们终归是同胞，是正派人，有些许怜悯之心，总比那些食尸鬼似的外国人要厚道得多。不过，他们不会相信我说的话。那个眼睑奇特的老恶棍很快就把警察给打发走了。我认为，他跟警察有某种勾结。更有可能的是，他手上有某些内阁成员的信。信上说，为了密谋反对英国，可以提供种种方便。这正是我们在故国经营政治之道：笨得出奇。

那三个人即将回来吃午饭。我若要等下去，时间也只有一两个钟头。等，只会等来毁灭，因为我走投无路。我希望我有斯柯德那样的勇气——我承认，我缺乏坚强的意志。之所以能挺下来，是因为我怒不可遏。想到那三名间谍如此欺压我，我暴跳如雷。我希望，不管怎么样，我都要在他们干掉我之前，先拧断其中一个人的脖子。

我越想越气愤，只好站起来在屋里走动走动。我推了推百叶窗——已经用钥匙锁牢了，推不动。从外面传来温暖的阳光下一群母鸡咯咯的叫声。我摸摸那些袋子，再提提那些箱子，发现箱子打不开。袋子里的东西很像狗粮，有股肉桂的气味。我在屋里搜查了一遍，发现墙上有个把手——这大可探究

一番。

那是壁橱的门（在苏格兰称之为“柜子”），它锁着。把它摇一摇，好像很单薄。我无计可施，只好在门上下功夫——用裤子的背带将它系牢，使劲儿拽。那东西顿时咔咔直响，我生怕这会引起看守的查问。稍等片刻，我继续探究柜子的隔板。

隔板上放着各种奇怪的东西。我在裤袋里摸到剩余的一两根火柴，划燃一根，瞬间熄灭，却看见了一些东西——隔板上有几个手电筒。我拿起一个，发现它还能用。

有手电筒相助，我继续探究。瓶瓶罐罐里的东西，其味难闻，无疑是供实验用的化学制品。另外，有优质的铜线圈和浸过油的薄丝线，还有一箱雷管和大量的保险丝。在搁板后面发现了一个牢固的棕色硬纸箱，里面有一个木盒。我设法把它撬开，发现里面放着六块小小的灰色砖形物，每块大约一两平方英寸。

我取出一块——到了我手里，它很快就碎了。我闻了闻，用舌头舔了舔，然后坐下来好好想想。我当过采矿工程师，可不是白当的——软硝石炸药，我一看便知。

我用其中的一小块就能把房子炸成碎片。我在罗得西亚用过这玩意儿，知道它的厉害。可我只知道一些皮毛，这就难办了。用多大的量、如何做正确的准备，我已经忘记了。如何定时，我也没有把握。至于有多大威力，我已印象模糊。虽然用过，但我从未亲手操作过。

这毕竟是一次机会——唯一可以利用的机会。这是一次巨大的冒险。不干，必然凶多吉少。如果用它，那么我断定，十有八九我会被炸到树梢之上。如果不用它，那么到了傍晚，在这花园里的六英尺深的坑里，我可能就占有一席之地了。情形就是如此，我必须考虑好。这两种情形，不论是哪一种，前景都很黯淡。不过，对我本人和我的国家而言，这毕竟是一次机会。

对小个子斯柯德的追忆使我下定了决心。这一时刻近乎我一生之中最凶险的时刻，因为我不善于作出冷酷的决定。我依然鼓起勇气，咬紧牙关，强忍住向我心中涌来的种种可怕的疑惧。干脆抛开一切想法，只当是做一次像盖伊·福克斯[①]焰火

① 盖伊·福克斯（1570—1606），火药阴谋案的主犯。每年 11 月 5 日焚烧其模拟像，以示警觉。——译者注

一样简单的实验。

我找到一根雷管，接上几英尺长的导火线，又掰下四分之一的软硝石炸药，埋在门附近一个袋子下面的地缝里，然后将雷管固定在里面。据我推测，有一半的箱子里装的是炸药。既然壁橱里装有如此要命的爆炸物，那么箱子里为何不装呢？如此说来，我和那几个德国男仆以及周边一英亩的地方，都会进行一次光荣而壮丽的奔向天空的旅行。其他风险是，雷管也会引燃壁橱里的另外一些炸药，因为有关炸药的知识，我已忘掉了一大半。老去想各种可能性也不管用，优劣之差令人发指，然而我只能逆来顺受。

我躲在窗台下面，点燃了导火线。我等了片刻，周围死一般地寂静，只有过道里沉重的拖动皮靴的声音和母鸡在温暖平静的室外发出的咯咯声。我把我的生命交给了造物主——五秒钟之后，我将死在何处，还不得而知。

一股巨大的热浪腾空而起，悬在空中的那一刻真是要人的命。对面的墙忽然起火燃烧，金黄色的熊熊火焰随着一声霹雳般的巨响消散开来。那霹雳般的巨响好似铁锤砸下，我的头脑顿时瘫软了。有个东西落下来，砸在了我左肩的要害处。

随后，我大概失去了知觉。

我昏迷的时间不会多于几秒钟，黄色的浓烟使我窒息。我拼命从碎片堆里站起来，感到身后不远处有新鲜空气——窗子那一侧的墙壁已经塌了。夏日的正午，浓烟穿过凹凸不平的裂缝冒到了外面。我一步步地跨过残垣断壁，来到烟雾浓密而刺鼻的院子里。我感到身体不适，有点儿恶心，但四肢能动，便离开屋子，盲目地蹒跚前行。

院子的另一头有一条供小磨坊引水用的木制水渠，我跌了进去。渠水清凉，我顿时苏醒，头脑还算冷静，想到了如何逃走。我踏过满是滑溜溜的绿色稀泥的小磨坊，到了水车的车轮边。我慢慢地移动，穿过车轴间的空隙，进入那个破旧的磨坊，一头倒在了铺有稻草的床上。一颗铁钉钩住了我的裤裆，于是在铁钉上留下了一束混色毛纱。

磨坊长久未用，梯子因年久已经腐烂，顶楼的地板已被老鼠啃了几个大洞。恶心使我发颤，脑子有些不听使唤，左肩和左胳膊一阵痉挛。我看了看窗外，那住宅上空的烟雾仍未消散，从上一层的窗子里冒出了烟尘。望上帝开恩，我已放火把那所住宅烧毁了，因为我能听见从另一边传来的乱作一团的哭

喊声。

我没有时间耽搁——磨坊显然不是藏身的好地方。跟踪我的任何人都自然会追到这个磨坊来。我敢肯定，他们一旦在贮藏室找不到我的尸体，就会立即开始搜寻。从另一扇窗子望出去，我看见磨坊的另一头有个石头砌成的旧鸽房。我若能前去而不留下任何足迹，便有可能找到藏身之处，因为我深信，如果敌人认为我能走动，他们就会断定我已逃向旷野，就会前往高原沼地寻找我。

我沿着破旧的梯子爬下去，在自己的身后撒下粗糠，盖住了我的足迹。在磨坊的地板上，在断裂的铰链上方的门槛上，我都撒上了粗糠。窥视外面，我和鸽房之间的那一片光秃秃的鹅卵石地上，也没有留下任何足迹。另外，不论从房子的哪一面看，鸽房都恰好被磨坊四周的房屋遮住了。我悄悄走过空地，来到鸽房的背后，想办法上去。

这是我要完成的最艰巨的任务。我的肩和胳膊痛得要命，感到恶心、目眩，随时都有可能倒下。但是，我总得想办法才行。我利用石房子上的石头凸出的部分与豁口，借助一根坚韧的常春藤的根，最终到了鸽房的顶部。那里有一个小小的矮墙。我在矮墙后面找到了可以躺下的容身之地。接着，我渐渐昏迷，进入了昏厥状态。

醒来时，我脑袋灼痛。太阳照在我的脸上。我躺着，很长时间动弹不得，因为可怕的烟雾似乎已经使我骨节松散、头脑迟钝。从那所住宅里传出了声音——沙哑的说话声和汽车启动的马达声。矮墙上有一条小缝隙。我移动到缝隙跟前看外面，院子里的情形大致可见。我看见两个人出来了——一个是仆人，头上包扎着伤口；另一个是年轻人，穿着灯笼裤。他们东寻西找，向磨坊走去。其中一个人无意中发现了钉子上的那一小块布料，向其他人大喊大叫。他们都回到屋里，找了另外两个人来察看布料。我发现，那个胖乎乎的人正是看守。并且，我认出了那个口齿不清的家伙。我注意到，他们都带着枪。

他们把磨坊搜查了半个钟头。我能听见他们踢桶、撬开腐烂地板的声音。他们来到外面，站在鸽房下面争吵不休。头上包扎着伤口的男仆被骂得狗血喷头。我听见了他们抚摸鸽房门的声音。这一瞬间，十分吓人，我以为他们会上来。他们总算另有打算，返回了住宅。

整个下午漫长而灼热，我一直躺在鸽房顶上挨烘挨烤。口

渴是一大折磨——舌头像根枯枝。从那边传来清凉流水的滴答声，我就更加口渴难耐了。我看着这条小小的河道，因为它源于高原沼地。于是，我的思绪又被牵到了峡谷之巅，该处的源头必定是长满冷色蕨类植物和苔藓的冰泉。我要是能一头扎进去，付一千英镑都行啊！

我能清楚地望见这高原沼地的全貌。我看见一辆坐着两个人的汽车急速驶来，一个人骑着山区矮马向东而去。我估计他们是在寻找我——祝他们寻找快乐！

但是，我发现了更为有趣的情形。那幢住宅几乎坐落于高原沼地隆起地带的最高处，形成了某种台地。除了六英里外的高山，附近就没有比它更高的地方了。如我所说，真正的最高处乃是一大片树丛——以冷杉为主，另有梣树和槲树。我在鸽房顶上，几乎同树梢处在相同的高度，所以能看到更远之处。林木并不密实，排成环状。环内是椭圆形的绿草地，无论怎么看都像个很大的板球场。

我没费多少工夫就想明白了，这是个飞机场——秘密机场。这个地点一定是经过精心挑选的。任何人看见飞机打算在此处降落，都会以为飞机飞越过了离树丛很远的那座山。这个地点位于一个高地之巅，高地又位于一个巨大的台阶式场地的正中央，任何观测者从任何角度看，都会断定飞机是消失在那座山的后面了。只有离得很近的人才明白，飞机并没有飞越那座山，而是降落到了树丛之中。有望远镜的观测者站在更高的山上，或许会发现这一真相。然而，那里只有牧人，而牧人是不带小望远镜的。我从鸽房顶上能看见远处有一条蓝色的线，知道那是海。我们的敌人利用这个指挥塔监视我们的水路——一想到此事，我便愤怒不已。

我又思量，如果飞机飞回来，他们十有八九会发现我。整个下午，我都躺着，祈求黑夜到来。夕阳落到西边的大山后面，高原沼地上已见暮色。这时，我才感到有些高兴。飞机来迟了一步。我听见机翼声并看见它向丛林里的根据地滑翔而下时，暮色已抢先一步到来了。那所住宅里灯光闪烁，有人进进出出，好不热闹。随后降临的是夜幕和寂静。

感谢上帝，总算等到了黑夜。下弦月要很晚才会升起。我口渴难忍，不能久留。大约在九点钟左右，我准备下到鸽房——这绝非易事。下到一半，我听见住宅的后门打开了，看见提灯的灯光照在磨坊的墙上。我抱住常春藤，在心里祈求，

不论是什么人，千万别到鸽房来。这一刹那实在是难熬。灯光消失了，我尽可能安稳地踩在了院子里那结结实实的泥地上。

我以一道石砌的堰堤为掩护向前爬行，爬到了环绕住宅的树林旁边。我要是有办法，早就把那架飞机给击毁了。不过，我也知道，任何袭击都有可能是徒劳的。我敢肯定，住宅四周有某种保护设施。我爬过树林，对前面的每一英寸都严加提防。果然管用，不一会儿我便看见离地面大约两英寸处有一根电线。如果被它绊着，宅内定会铃声大作，我就成了俘虏。

在距此地一百码处，我发现另一根电线被放在一条小溪边，真可谓用心险恶。过了小溪，便是高原沼地。五分钟后，我已深入到了欧洲蕨和石楠丛中。过了一会儿，我到达了高地的山肩附近。那深入小峡谷的水磨房的水便是从这里流去的。十分钟后，我把脸埋在泉中，狠狠地喝下好几品脱[①]神圣的泉水。

然而，不把自己跟那个该诅咒的住宅之间的距离拉大到六英里，我是绝不会罢休的。

---

① 英制容量单位，一品脱大约相当于 0.57 升。——编者注

第七章　捕鱼人用假饵

我坐在山头，观察我所处的方位。我并不十分愉快，因为身体的严重不适已经使我那因死里逃生而油然而生的欣慰黯然失色了。炸药造成的烟雾使我中毒不轻，在鸽房的房顶上烘烤了几个钟头也无济于事。头痛难忍，我感到恶心。肩膀也很糟糕——起初以为只是擦伤，看来已经肿起来了，左胳膊完全不听使唤。

我打算去特恩布尔先生的农舍要回我的衣服，尤其是要回斯柯德的笔记本，然后向铁路干线前进，往回朝南边走。看

来，我得跟外交部官员瓦特·布利文特爵士取得联系，越快越好。我已经获得了一些证据，不知道怎样才能获得更多的证据。我的话，他要么信，要么不信。跟他在一起，毕竟是在可靠的人手里，总比在那些穷凶极恶的德国人手里要强得多。

夜空中，星光明亮，认路并无太多困难。哈利爵士给我的地图上说明了这里的地形，只需朝西南偏西的方向找到那条小溪。我遇见养路工，就是在那条小溪旁边。东奔西逃以来，我根本不知道那些地名，但我相信那条小溪就是特威德河的上游，离我肯定有十八英里左右。也就是说，如果在天亮之前赶不到那里，白天就得找个地方躲一躲，因为我这模样过于狰狞，在光天化日之下不能让人看见。我没有外衣、背心、硬领，也没有帽子。我的裤子扯破了，脸上、手上全是爆炸遗留下来的污迹。我认为自己另有可看之处，那就是我的眼睛，露出了杀气。总之，不能让虔诚的居民在公路上参观我这样的“展品”。

天刚亮。我想办法在山边的小溪里把身上洗干净，然后走近一户牧人的农舍，想吃东西。牧人外出不在家，家里只有他的妻子一个人，方圆五英里之内没有邻居。她是个老好人，并且很有胆量。她看见我时，吃了一惊。她手边有一把斧子，遇到坏人便可以派上用场。我告诉她，我摔了一跤——没说是怎么摔的。她看我这样子，便能看出我病得不轻。她不愧为真正的撒马利亚人[①]，什么也不问便给了我一碗牛奶，加进少许威士忌，让我在她的炉火旁坐了一会儿。她本想洗一洗我的肩膀，但是肩膀痛得厉害，我没让她碰。

我不知道她把我当成什么人了——也许是个弃恶从善的夜盗吧。我准备付牛奶钱给她，拿出二十先令——这是我现有的面值最小的金币。她却摇摇头，好像说了一句“这钱该给谁就给谁吧”。听了她的话，我更加坚定地对她说，我认为她相信我是诚实的，因为她收下了钱，给了我一件暖和的崭新的方格呢披肩和一顶她丈夫的旧帽子。然后，她告诉我如何用披肩围住肩膀。离开这个农舍时，我成了你从彭斯[②]诗集的插图里所看到的那种活生生的苏格兰人。不管怎么说，我现在好歹不是衣不遮体了。

也好，正午之前天气已变，蒙蒙细雨下得很密。我在河道

① 这里指乐善好施者。——译者注

② 罗伯特·彭斯（1759—1796），苏格兰诗人。——译者注

弯曲处的悬崖下找到了落脚之地——把漂来的干枯的欧洲蕨当床，也未尝不可。我打算在此处睡到傍晚。醒来时抽筋，我疼痛难忍。我的肩痛得钻心，像牙痛一样。我把那个老妇人给我的燕麦饼都吃了，在天黑之前再次上路。

当晚，我在细雨蒙蒙中的一座座山里受尽了折磨。天上没有星斗，无从辨别方向，只能靠我记得的地图上的位置。我两度迷路，多次跌进泥沼。笔直走，只需走十英里，但我多次失误，所以走了将近二十英里。我咬紧牙关，虽然糊里糊涂，却竭力保持愉快的心情，以便走完最后一程。但是，我做到了。黎明时分，我已经在敲特恩布尔先生的门了。四周浓雾迷漫，我从农舍向外望去，根本看不见公路。

特恩布尔先生亲自给我开门，表面上十分清醒。他身着老式的保护得极好的黑色套装，显得一本正经。他是在前一天黑夜来临之前剃的胡子。他戴着亚麻布的硬领，左手拿着一本袖珍《圣经》。起初，他没能认出我。

“你是谁？为什么礼拜天一大早就游荡到这儿来了？”他问道。

我早已不记得何月何日。他穿得如此奇特、端庄，当然是因为礼拜天了。

我头昏眼花，一时答不上来。他认出我了，而且看出我身体不适。

“我的眼镜在你那儿吗?”他问道。

我从口袋里掏出眼镜给他。

“你是来拿外衣和背心的。”他说，“进屋！哎呀，你的腿伤得可不轻！坚持住，我给你找把椅子。”

我感到疟疾又要发作。体内有热，夜晚湿气重，引发了疟疾。肩伤加上烟雾，使我感觉不适。特恩布尔先生马上帮我脱下了衣服。厨房的两面墙边，放着两个橱柜，他扶我到其中的一个橱柜里睡觉。

我与他这个老养路工真是患难之交。他的妻子已去世多年。他的女儿出嫁之后，他一直独自生活。十天里的大部分时间，凡是我急需的繁重的护理琐事，都是他干。我发烧时，只想保持沉默。我的皮肤发凉时，发现发凉的过程多少减轻了我的肩痛。这一关很难过。五天之后，我虽然能下床，但是要康复，尚须时日。

他清早外出之前，给我留下够喝一天的牛奶，然后把门反锁上。傍晚回来，他坐在烟囱边的墙角一声不吭。附近根本看不见一个人影。我好转后，他从不向我问这问那，怕打扰我。有好几次，他给我带回两天前的《苏格兰人》旧报。我注意到，人们对波特兰大街凶杀案已经不感兴趣了，连提都不提。没有什么新闻，我也没看到什么新闻。只有一篇说到了“全会”① ——我估计也就是某种宗教性的狂欢吧。

一天，他从锁得牢牢的抽屉里取出了我的钱袋。“里头有好多钱，”他说，“你最好点一点，看少了没有。”

他甚至从来没有问起过我的名字。我问他，在我代班修路之后有没有人来查问过。

“啊，有一个，开车来的。他问，那天是谁替我的班。我假装说他把事情想歪了。他问个不停，我就说，他可能是想到了我那个好兄弟。我兄弟住在克鲁奇，那阵子来帮我干过。那个人的样子就不讨人喜欢，说的英文有一半我听不懂。”

最后那几天，我有些坐立不安。我决定，等身体康复了就离开——不能拖到6月12日。碰巧，有个牲畜商人在当天早晨赶牲口去莫法特，要路过这里。他叫希斯罗普，是特恩布尔

---

① 指苏格兰长老会全会，是该组织的最高司法机构。——译者注

的朋友。他来跟我们一起吃早饭，答应带我一起走。

我非要特恩布尔收下五英镑，算作住宿费——可真把我难住了。自尊心极强的人，非他莫属。我强迫他收下，他又羞怯又脸红，最后才把钱收下，连一句“谢谢”都没有。我对他说，我非常感激他，他却嘟嘟囔囔地来了一句“好人有好报”。从我们分别的情况来看，你或许会觉得我们是不欢而散。

希斯罗普是个爽快人——过关口，朝阳光普照的安南山谷下行，一路有说有笑。我谈起加洛韦的集市和山羊的价钱，他认定我是从那些地区——叫什么地区都行——来的“牧羊小贩”。正如我所说，我披着方格呢披肩，戴着顶旧帽子，俨然一副戏剧里的苏格兰人的模样。赶牲口可是个慢吞吞的活儿，走了大半天才走出十几英里。

我若不是心神不定，当然会好好享受这时光。晴天，天空碧蓝。棕色的群山、远处绿色的草原，气象万千，云雀和麻鹬的叫声、溪流的潺潺声不绝于耳。然而，我却没有心思欣赏这夏日，也没有多少心思听希斯罗普说这说那。因为，值此决定命运的 6 月 15 日临近之时，我的大事却面临重重困难，不见希望，压得我喘不过气来。

我们在莫法特的一家简陋的酒店吃了晚饭，又走了两英里，到了主干线的“联轨点”。南去的夜班列车要在临近半夜时才到站。为了消磨时间，我爬到山腰，倒下就睡着了，因为我已走得精疲力竭。我睡过了头，赶紧跑到了车站。上车后两分钟，车就开动了。三等车厢硬座的感觉和霉臭的烟草气味，反倒出奇地使我振奋不已。总之，现在我能加紧想办法完成自己的任务了。

后半夜一两点钟，我在克鲁下了车，等到早上六点钟才上了开往伯明翰的列车。下午到达里丁，换乘了当地驶往伯克那腹地的火车。火车驶过的地方有草木茂盛的低平草地，有芦苇丛生的缓缓溪流。晚上八点钟左右，我在阿廷斯威尔的一个小站下了车，困乏而风尘仆仆——既不像农场工人，也不像兽医——胳膊上搭了一件黑白格子的披肩（因为我在边界[①]以南是不敢披披肩的）。站台上有好几个人，我不妨在离开之前先问问路。

道路通往一片山毛榉林，延伸至一道浅谷。从绿色丘原的深处望去，远方的树木隐约可见。出了苏格兰之后，空气带有

① 苏格兰在英格兰之北，这里指苏格兰与英格兰的边界。——译者注

阴沉、单调的气息，却显得很清新，因为欧椴树、栗树、丁香树上开满了花，形成了花的穹窿。很快，我就来到了一座桥跟前。桥下有一条小溪，在长满雪白的毛茛的两岸之间缓缓流过。在其上游，有个磨坊。从磨坊排出的水在这芳香宜人的夜色里发出悦耳的声音。这地方使我感到释然，心情舒畅。我躺下，望着绿荫深处，吹起了口哨。我吹出的曲子是《安妮·洛利》。

从溪边走来一个渔夫。他走近我时，也吹起了口哨，曲调很是感染人——他是在效仿我。他是个大个子，那身法兰绒的衣服又邋遢又旧。他戴着一顶宽边帽，肩上背了个大帆布包。他冲我点了点头。我没见过比这更精明，或者说比这更冷静的面孔。他把一根十英尺长的裂开的藤制钓竿靠在桥上，跟我一起望着水面。

“这水清澈吧!”他高兴地说，“只要有钓鱼大赛，我就会到这肯尼特河边来。瞧那个大家伙，一盎司重就能卖四英镑。不过，夜间涨水的时间已过，你很难诱它上钩。”

“我没看见它。”我说。

“瞧，就在那儿！离芦苇只有一码远!”

“看见了。你简直可以十拿九稳地说，那是块黑石头。”

“这么说……”他说着，吹起了另一小节《安妮·洛利》，“大名是特威斯顿吧?”他转过头来对我说，眼睛仍然盯着水面。

“不是。”我说，“我的意思是说——是。”我把我所有的化名都忘了。

“牢牢记住自己姓名的共谋者才算得上精明。”他评述道。他对着从桥影下冒出来的一只水鸡开怀大笑。

我站起来，看着他——看着那有裂痕的方下巴，看着那有皱纹的宽阔的前额，看着那有几道皱褶的面颊。我明白，终于在这里遇上了值得结交的盟友。

突然间，他皱起了眉头。“我称之为‘不光彩’。”他说话时提高了嗓门儿，“像你这样身强力壮的人竟然行乞，这是不光彩的。你可以去我的厨房吃顿饭，但我不会给你钱。”

一辆双轮轻便马车从这里路过，赶车的人扬起马鞭向渔夫致意。马车驶过去，渔夫拿起了钓竿。

“那就是我的家。”他说着，指了指一百码开外的一道白色的大门，“五分钟后，绕到后门去。”说完，他便走了。

我照他的吩咐办。我看见一座十分精致的农舍，草坪一直延伸到溪边，小径的两侧开满了绣球花和丁香花。后门开着，一名严肃的管家正等候着我。

“这边请，先生。”他说着，领我走过过道，由后楼梯走进一间十分舒适的卧室。卧室朝向那条小河。一整套衣服及旅行用具已为我准备好，放在那里——各种装饰齐全的正装、一套棕色法兰绒套装、几件衬衫、几副硬领、几条领带、剃须用具以及发刷，甚至还有一双漆皮鞋。“瓦特爵士觉得，瑞吉先生的东西适合您用，先生。”管家说，“有些衣服，他就放在这里，因为他按时到这里来过周末。隔壁有浴室，我已经给您备足了洗澡水。半个小时后开饭，先生，您会听到铃声的。”

这个严肃的人退下了。我坐在铺有印花棉布的安乐椅里直打哈欠。真像童话剧，突然间由贫贱变为富贵了。显然，瓦特爵士信得过我。为何如此，我不得而知。我照了照镜子，看到的是个棕色皮肤的消瘦、邋遢的家伙，半个月未刮脸，胡子拉碴，满脸尘土，没戴硬领，衬衫俗气，旧花呢衣服很不像样，一个月来从没擦过靴子。我曾长途跋涉，坦然冒充牲口贩子。在此处，一丝不苟的管家把我迎进了这座庄重而安闲的神殿。

最妙的是，他们甚至不知道我的姓名。

我决定不再庸人自扰，收下诸神提供的各式礼物。我刮了胡子，舒舒服服地洗了个澡，穿上了正装和干净、笔挺的衬衫——倒也合身。着装完毕，镜子里出现的是一位风度并不算差的年轻男子。

瓦特爵士在一间光线暗淡的餐厅里等我。小小的圆桌上点着几根银白色的蜡烛。看见他——如此可敬、稳重、坚定，俨然是法律、政体和一切公约的化身——把我吓了一跳，觉得自己像个擅自闯入者。他不会知道有关我的真实情况，否则他不会这般接待我。我绝不能以欺诈的方式接受他的亲切款待。

“我要向你表示的感激之意难以言尽，但是我必须把事情说清楚。”我说，“我是无辜的，警方却通缉我，这一点我不得不告诉你。就算你把我撵出去，我也不会感到惊奇。”

他微微一笑：“这没什么，别让这事坏了你的胃口。这些事，等你用过餐之后，我们再议。”

我从未像现在这样吃得津津有味，因为此前我根本就没有吃的，只能吃火车上的三明治。承蒙瓦特爵士的盛情，我们喝了好多香槟酒，随后又喝了不少不常见的红葡萄美酒。我坐在席上，由一名男仆和一名穿着讲究的管家伺候着，几乎有点儿受宠若惊。回想起三个星期以来我过的日子，我简直像个盗贼，人人跟我过不去。我向瓦特爵士谈起赞比西河的虎头鱼，你要是给它机会，它会咬断你的手指。我们谈起世界各地的体育运动，因为他当年经常打猎。

饭后，我们到他的书房去喝咖啡。书房很大，满是书籍、奖品，有点儿杂乱却很舒适。我打定主意，有朝一日，我大功告成，自己有了房子，我也要拾掇出一间这样的书房。收拾好咖啡杯之后，我们点燃了雪茄。我的主人跷起长腿，搁在椅子的一边，叫我讲述我的故事。

"我是按哈利的指示办的。"他说，"他给予我的回报是，你要一五一十地告诉我某些能使我振奋的事情。我准备好了，汉尼先生。"

我大吃一惊，愕然四顾——他竟然用我的正式名字称呼我。

我从头开始，说到我在伦敦过得无聊之极。那天晚上回家之后，我发现斯柯德站在我家门口胡言乱语。我把斯柯德对我说起的卡洛里迪斯以及外交部茶话会的事都说了。他噘了噘

嘴，然后咧嘴直笑。我又说到了凶杀，这时他又显得十分严肃。他听我谈了送奶人以及我在加洛韦时发生的事情，还有我在客栈破解斯柯德的笔记本中的内容。

“笔记本带来了没有?”他厉声问道。我从口袋里掏出笔记本，他才长出了一口气。

笔记本的内容，我没说。接着，我描述了我遇到哈利爵士的情形以及在大厅里的演讲。最后，他哈哈大笑。

“哈利胡言乱语，是吧？他说的，我信。他是个天大的好人，是他的那位白痴的叔叔把他搞得异想天开。继续说，汉尼先生。”

我当养路工的那一段，颇使他激动了一番。他敦促我好好地讲述汽车里的那两个家伙。这时，他似乎若有所思。听我说到那个笨蛋乔普利的时候，他又乐不可支了。

然而，高原沼地的那间屋里的那个老人却使他顿时严肃起来。我不得不再把老人的外貌细述了一番。

“和顺，秃顶，闭眼时像鹰一样……声如凶恶的猎鸟！他把你从警察手里救出来之后，你却用炸药炸毁了他的那个隐士茅庐。干得真够意思!”

我说的流浪经历到此结束。他慢慢站起来，站在壁炉旁的地毯上看着我。

“你可以打消对警方的顾虑了。”他说，“依据本国法律，你已无危险。”

“苏格[1]真了不起！”我大声说，“他们抓到凶手啦？”

“没有。不过，他们两周前已经把你排除在可疑人的名单之外了。”

“为什么？”我惊异地问。

“主要是因为我收到了斯柯德的来信。我对此人已有所了解。他为我做过事，有天分，也逞能，却无比诚实。他总爱自行其是，才惹来麻烦。这使他在任何情报部门都无用武之地——可惜啊，因为他天赋不凡。我看，他是世上最勇敢的人，因为他常因惊悸而战栗，却无论如何都不放弃。此信，我是在5月31日收到的。”

“他在那天的前一周就已经死了啊！”

“信是在23日写好并寄出的。他显然没有料到死亡在即。他的信，我通常要在一周之后才收到，因为要秘密地经由西班

① 因大喜过望，连“苏格兰场”这样的称呼都来不及说全。——译者注

牙转到纽卡斯尔。他有一大怪癖，你知道，就是把他的行踪隐匿起来。”

“信上说什么了？”我结结巴巴地问道。

“没什么，只说他有危险，跟一个好友在一起，可以藏身。他还说，要我在6月15日之前听他的消息。他没有把他的地址告诉我，只说他住在波特兰大街附近。他的目的可能是，万一出了事也不至于牵扯到你。我收到后，立即去了苏格兰场。我查阅审讯的详细资料后断定，你就是那位朋友。我们审查过你的情况，汉尼先生，发现你品行端正。我了解你销声匿迹的目的——不单是为了躲开警方，也为了躲开另外一些人。我看了哈利草草写来的信之后，对其余的事就猜得八九不离十了。这一个星期以来，我一直在期盼你。”

你们可以想象，我心中的重负就此戛然解除。我感到自己重新成了自由民，因为我现在只需对付我的敌人而不需要对付我国的法律了。

“现在，可以看看那个小笔记本了。”瓦特爵士说。

我们为了琢磨其中的内容，花了整整一个小时。我对密码的解说，他领会得很快。我解释密码时，他对几处作了校正，但我大体上解释得比较正确。他在结束之前，表情严肃而凝重地静坐了片刻。

“我仍然没弄明白。”他终于说道，“有一件事，他说的对——后天会有情况。他究竟是怎么知道的呢？这本身就够蹊跷的了。有关战争与‘黑石头’之说——听起来真像某种不着边际的传奇剧。对斯柯德的判断，如果我能给予更多的信任，那该多好。他招惹麻烦，是因为他善于幻想。他具有艺术家的气质，把故事写得合乎上帝的心愿，可他还嫌不够。他也有许多偏执之见，比如犹太人会使他狂怒，还有犹太人那丰厚的财富。”

“黑石头，”他又说了一遍，“**黑石头**[①]。像廉价的中篇小说，与卡洛里迪斯有关的全是无稽之谈，都写得不怎么样。因为，我偶有所闻，听说卡洛里迪斯十分善良，很可能比你我长寿——欧洲没有一个国家希望他死。此外，他一直向柏林和日内瓦谄媚，引起我的上司多日不安。不！斯柯德太离谱了。坦率地说，汉尼，他说的那些我根本不信——其中必然涉及某种难以应付的大事。他揭露得太多，为此而送了命。我可以发

① 黑体字原文为德文。——译者注

誓，那的的确确是普通的间谍工作。欧洲的某个大国已将建立间谍体系变成了嗜好，其手法并不是很独特。因为是按件计酬，所以那些歹徒不会满足于一两次凶杀。他们想弄到我们的海军战略计划，是为他们的海军总部搜集情报。不过，我们的海军战略计划将被束之高阁——如此而已。”

此刻，管家走进屋来。

“伦敦长途，瓦特爵士。是希思先生打来的，他要亲自跟您通话。”

主人出去接电话了。

五分钟后，他回来了，脸色苍白。“我向斯柯德的在天之灵致歉，”他说，“卡洛里迪斯被杀，今晚，刚过七点钟。”

第八章 “黑石头”露面

经过八个小时的清静无梦之眠，次日早晨下楼用早餐时，我看见瓦特爵士一边吃松饼和柠檬果酱，一边在破译一封电报。他昨日红润的脸似乎变得有些晦暗。

“你去睡觉之后，为了打电话，我可是忙乎了一阵。”他说，“我已经请我的上司给海军大臣和陆军大臣去了电话。他们打算提前一天把罗伊接来。这封电报确定了此事。罗伊将在五点钟到达伦敦。奇怪，**国家名誉主席兼总参谋长**[1]的代号竟

[1] 黑休字原文为法文。这是罗伊的官职。——译者注

然是‘小猪’。”

他示意，要我吃热菜，然后继续说：

“我倒不觉得这能有多大的好处。如果你的朋友们精明到发现最初的安排，那么他们也能精明到看出安排有了变化。我宁可冒风险也要知道疏漏出在何处。我们相信，在英国只有五个人知道有关罗伊来访之事。你可以确信，在法国知道此事的人要少得多，因为在法国，他们掌控消息的办法更高明。”

我吃早餐，他继续议论。他把我看作心腹，实在使我受宠若惊。

“海军战略计划难道就不能改一改？”我问。

“能。”他说，“不过，我们要尽可能避免这样做。计划是精心策划的结果，任何改动都不可能是周全的。此外，改动一两个条款，根本不可能。然而，我想，如果绝对有必要，或许能想点儿办法。但你要知道困难之所在，汉尼。我们的敌人不会蠢到扒窃罗伊的口袋或使用诸如此类的雕虫小技。他们知道，这样做将意味着受到我方的谴责，并引起我方的警觉。敌方的目的是把安排的详情弄到手，而我们当中的任何人都毫无察觉。所以，罗伊将在确认全部工作仍然是极其机密的情况下返回巴黎。如果敌方无法得逞，便告失败。因为，一旦我们产生怀疑，敌方便会知道全盘计划必改无疑。”

“这么说，我们就该忠于这位法国人所在的一方了，直到他重返国内。”我说，“如果敌方认为能在巴黎获得此情报，就会在巴黎想办法。也就是说，他们要在伦敦实施某种奸猾的计划，而且断定此计划能成功。”

“罗伊同我的上司一起进餐之后，就要到我家来。会有四个人与他会面——海军总部的惠塔克、我本人、阿瑟·德鲁爵士、温斯坦利将军。海军大臣已因病去了谢利汉姆[1]。在我家里，罗伊将从惠塔克那里获得某种文件，然后派车送罗伊去朴次茅斯[2]。一艘驱逐舰将送他去勒阿弗尔[3]。他的行程太重要了，普通的联运列车[4]不予考虑。每时每刻都要有随从在他身边，直到他安全抵达法国国土。对惠塔克也要有这样的保护，直到他见到罗伊。我们只能做到这一步——会不会出纰漏，很难说。我毫不介意地承认自己万分紧张。卡洛里迪斯凶杀案将

① 在诺福克郡内。——译者注

② 英国的港口城市。——译者注

③ 法国北部的海滨城市。——译者注

④ 与船运相衔接的一种列车。——译者注

在欧洲各国使领馆办事处造成一片混乱。”

早餐后，他问我会不会开车。

“行啊，今天你当我的司机。快穿上赫德林[1]的服装，你跟他个子差不多！你参与此事，我们就得慎之又慎。有些亡命之徒跟我们作对，是不会尊重一个隐退乡间、操劳过度的官员的。”

我初来伦敦时买了一辆车，跑遍了英格兰北部，以资消遣，对地形略有所知。我经由巴斯路，把瓦特爵士送到镇上—— 一路畅通。那是个 6 月的早晨，潮湿且没有一丝风，后来有些闷热。不过，车子穿行于一些小镇，镇上的街道刚洒过水。车子经过泰晤士河流域的一座座夏日花园，好不爽快。我把瓦特爵士送到他在安女王大街的家，时间是十一点半——准时，而男管家则带着行李乘火车到达。

首先，他带我去苏格兰场。我在该处看见一位衣着整洁的绅士，脸刮得干干净净，律师模样。

“我带来了波特兰大街案的凶手。”瓦特爵士作了此番介绍。

---

① 指原来的司机。——译者注

回答他的是一脸苦笑："送来的本应是一份厚礼呀，布利文特先生。这位，我相信，应该就是理查德·汉尼先生吧。连日来，他引起了本部门的极大兴趣。"

"汉尼先生会再度引起贵部门的兴趣的。他想跟你谈的情况很多，但不是在今天。鉴于事关重大，谈他的情况，还得再等二十四小时。我向你保证，你一定会有兴趣，甚至受到教诲也有可能。我要你向汉尼先生保证，不能再让他感到为难了。"

我立即得到了保证。"你的生活在何处停止，就在何处开始。"他对我说道，"你的寓所，你或许不想再去住了。它在等你，你的仆人也在等你。你不曾遭到公开告发，所以我们考虑，无须辩明无罪。对此，你一定是满意的。"

"我们今后还需要你的帮助，麦克吉利弗雷。"瓦特爵士说罢，我们便离开了。

然后，他给我放了假。

"明天来见我，汉尼。千万守口如瓶，这是用不着我多说的。如果我是你，就上床睡觉，因为'睡觉的账'你欠得太多，要补回来。不抛头露面为好——万一有一个你的'黑石头'朋友看见你，恐怕就有麻烦了。"

我感到极端地无所事事。刚开始成为自由民，我高兴不已——想去哪儿就去哪儿，什么也不怕。我受制于法律的禁令只有一个月，但却受够了。我到萨沃伊餐馆去，非常小心地叫了一份非常美味的午餐，并抽了餐馆提供的最上等的雪茄。但是，我依然紧张。在休息室里看见有人瞅我一眼，我就存有戒心，不知别人是否在心里嘀咕那起凶案。

随后，我叫了出租车，开了好几英里，到伦敦的北面去。往回走时，穿过田野，经过一排排带有庭院的郊区住宅、贫民窟和脏乱的街道，花了我将近两个小时。慌乱的心情一直有增无减。我感觉出了大事，出了头等大事，或者说即将出大事。我本是这件大事里不可或缺的人，却将其置之度外。罗伊将在多佛[①]上岸，瓦特爵士要会同在英国的几个知道内情的人制订计划，而“黑石头”则会在暗处活动。我有种危机四伏、大祸临头之感，又有种奇妙的心情：只有我能防止它，只有我能跟它斗。眼下，我已在局外。要怎么干才能扭转过来？内阁大臣们、海军大臣们以及将军们，是不可能允许我参加他们的委

① 英国东南部的海港，与法国海港加来隔海相望。——译者注

员会的。

我真想遇上我的三个敌手之一，这样反倒能扩大事态。我恨不得跟那些家伙来一场恶战，大打出手，收拾几个。我真是气不打一处来。

我不想回寓所——改日再说。我手头幸好还有些钱。第二天上午之前，我还是把钱花掉为好。于是，我到一家旅馆去过夜。

我的盛怒从晚餐前持续到了晚餐后。我在杰敏大街[①]的一家餐馆用餐。我没有饿意，有好几道菜，吃都没吃就让他们端走了。一瓶勃艮第酒，我喝了大半瓶，也没高兴起来。一种可恶的坐立不安的情绪压得我喘不过气来。我，平平凡凡，并无过人的智力，但我却坚信不疑，他们要完成任务是需要我大力相助的——没有我，就会一败涂地。我又告诫自己，这是十足的自命不凡，愚蠢之极，因为有四五个能干的人在张罗。有大英帝国竭力做他们的后盾，他们是心中有数的。然而，我却无法做到坚信不疑。仿佛总有声音在我耳边响起，要我挺身而出，否则我将无法再入睡。

---

① 位于伦敦的圣詹姆士区。——译者注

九点半钟左右，有了结果。我毅然决定要到安女王大街去。他们很可能不让我进，但试一试或许能安抚一下我的良心。

来到杰敏大街，我看见一群年轻人走过杜克大街的拐弯处。他们身着晚礼服，曾在某处聚过餐，现在正朝一个音乐厅走去。其中的一个人，正是玛马杜克·乔普利先生。

他看见我，突然停了下来。

“老天爷作证，凶手!”他嚷道，“嘿，伙计们，抓住他!他就是汉尼，波特兰大街的凶杀案就是他干的!”他一把抓住我的胳膊，其余的人一拥而上。

我根本不想惹是生非，可我憋着一肚子气，便干了蠢事。警察过来，我本想把真相告诉他——万一他不信，就要求他把我带到苏格兰场去，或者带我去附近的派出所。在那一瞬间，稍有耽搁，我都是不能容忍的。看见玛密那张脸，我更加不能容忍。我挥动左拳打过去，便看见他倒在路旁的沟里了——我称心如意。

后来便开始大打出手了，他们一起向我扑来。警察从背后袭击我，我挨了两拳。我本来认为，依照公平竞赛的原则，我是能打败这些家伙的，可警察从后面把我按住，另一个人掐住了我的喉咙。

我心情阴郁，义愤填膺，却听见法警询问出了什么事。玛密咬着牙大声宣称，我就是凶手汉尼。

“哦，见鬼，”我嚷道，“叫那小子闭嘴！我奉劝你不要管我，警官。我的情况，苏格兰场全都了解。你要是妨碍我，会受到严厉的叱责。”

“你得跟我走一趟，年轻人。”警察说，“我看见你狠揍那位绅士——是你先动的手，他没还手。你好好离开便罢，不然我就不得不加以调停了。”

我满腔怒火，事不宜迟之感不可抗拒。我使出公象般的力气，扳倒警官，把掐住我喉咙的那小子打倒在地，然后朝杜克大街飞奔而去。我听见了警笛声，众人随后追来。

我变换方向的速度很快，那天晚上则如虎添翼，眨眼工夫便跑到了蓓尔美尔街[1]，向圣詹姆士公园跑去，在宫殿的几扇大门处躲开了警察，然后从拥挤在林荫路[2]路口的马车间穿过。

① 街上有很多俱乐部。英国陆军总部曾设在此处。——译者注
② 指伦敦圣詹姆士公园的林荫路。——译者注

追我的那些人还没有通过行车道，我已向桥跑去。在公园里宽阔的路上，我来了一段冲刺。幸好四周人很少，没人试图拦住我。我一定要跑到安妮女王大街去——孤注一掷。

我走进那条通道，里面寂静而荒凉。瓦特爵士的宅第所在的那一段街道很窄，外面停着三四辆汽车。我放慢速度走了几码，然后向大门走去。管家如果不准我进去，即使迟迟不开门，我也完蛋了。

我没有耽搁。我刚跑到，门就开了。

"我一定要见瓦特爵士，"我气喘吁吁地说，"事情万分重要。"

管家这个人真了不起——他不动声色，让门开着。我进屋后，他才把门关上："瓦特爵士正忙，我奉命不准任何人进来。要不，你等一等。"

这宅第是老式的，厅很大，房间都在厅的两侧。那边有个壁龛，上面放着电话。厅里有几把椅子，管家请我坐下。

"我说，"我低声说，"捅了娄子，跟我有关。不过，瓦特爵士完全了解，我是为他工作的。如果有人来问我在不在这里，别对他说实话。"

他点了点头。街上吵声四起，门铃喧闹。我从没像佩服这位管家这样佩服过任何人。他打开门，表情沉稳，像座雕像。他听候询问，逐一回答。他对那些人解释，此处是何人的宅第，他要执行什么命令，把那些人拦在门外自讨没趣。我在壁龛里看得一清二楚——比任何戏剧都精彩。

我等了没多久，门铃又响了起来。管家毫不犹豫，迎进来一位新客人。

他脱下外衣，我便认出了他是何人。那张脸，你只要摊开报纸或杂志就准能看到——灰白的胡子修剪得像把铲子，让他显得坚定而斗志十足的嘴巴，扁平、四方的鼻子，目光锐利的蓝眼睛。我认出来了，是海军大臣①。据说，创建新的英国海军的就是此人。

他经过壁龛，被迎进大厅后面的一个房间。门打开时，我能听见低语声。门关上了，又没人理会我了。

我在那里坐了二十分钟，不知道下一步该怎么办，但却仍然坚信不疑：不能没有我来出把力。可是，何时出力、怎么出

① 英国海军总部的四位海军首脑之一。——译者注

力，我心里又没谱儿。我不停地看表，时间悄然过去了。到了十点半钟，我认为会议很快就要结束了。一刻钟之后，罗伊的车就该急速地行驶在去朴次茅斯的路上……

我听见了铃声，管家出现了。后屋的门打开了，海军大臣出来了。他从我身边经过，顺便朝我的方向瞥了一眼。我们互相端详了片刻。

就这么一会儿的工夫，足以使我的心怦怦乱跳了。我此前从未见过这位大人物，他也不曾见过我。但是，眨眼的工夫，有某种东西从他的眼前闪过。这种东西就是“面熟”——我不会看走眼的。一闪而过，毫厘不差，这意味着一件事，而且只能意味着一件事。它偶然出现，瞬间即逝。他继续往前走。我在一阵胡思乱想中，听见临街的大门在他出去之后关上了。

我拿起电话簿，查他家的电话号码。电话立即接通了，我听见了仆人的声音。

“大臣阁下在家吗?”我问。

“大臣阁下在半小时之前已经回来了。”那个人说，“他已就寝。今晚，他的身体有些不适。留口信吗，先生?”

我挂断电话，差点儿撞到椅子上。我在这次重大任务中的使命还没有完成呢！我侥幸逃过一劫，却也算及时。

不可耽误分秒，我大步朝那间后屋的门走去——不敲门，大摇大摆地进入。五张惊慌的脸从圆桌边抬了起来，有瓦特爵士，还有陆军大臣德鲁——我见过他的照片，所以认识他。还有一位清瘦的长者，可能就是海军官员惠塔克了。还有温斯坦利将军，他前额上有一道长长的伤痕，十分显眼。最后那位，身材矮小、健壮，留着铁灰色的胡子，眉毛很浓。他的发言，刚说到一半就被打断了。

瓦特爵士一脸惊诧，十分为难。

“这位是汉尼先生。此人，我向诸位提到过。”他带有歉意地对来宾说，“我看，汉尼，你来得不是时候。”

我恢复了平静。“那倒未必，先生。”我说，“不过，这可能是紧要关头。看在上帝的分儿上，先生们，请告诉我，刚才出去的人是谁？”

“阿罗阿勋爵！”瓦特爵士说，气得满脸通红。

“不是。”我大声说，“是长得跟阿罗阿勋爵一模一样的人，但不是阿罗阿勋爵。此人认出了我——我上个月见到过此人。他刚走出大门，我就打电话到阿罗阿勋爵家里。电话那边

的人说，他半小时前就回家了，现已就寝。”

“谁——谁——”有人结结巴巴地说。

“黑石头！”我大声说罢，在刚空出不久的那把椅子[①]上坐下来，端详着那五位惊慌失措的先生。

---

① 暗指刚才离开的那个人坐过的椅子。——译者注

第九章　三十九级台阶

“胡扯！”海军总部的那位官员说。

瓦特爵士起身，走出了房间。我们看着会议桌，感到十分茫然。十分钟后，他回来了，板着脸。“我跟阿罗阿通了话，”他说，“把他从床上叫了起来。他大为恼火。他在默尔罗斯家吃过晚饭，就直接回家了。”

“简直不像话！”温斯坦利将军插嘴道，“你的意思是，那个人到这里来，在我旁边坐了半个多钟头，我却没看出是冒名顶替的？阿罗阿准是昏了头。”

“你们就没看出其中的奥妙？”我说，“你们对别的事情过于关注，从而放松了警惕，理所当然地认为他是阿罗阿勋爵。如果是别的什么人，你们倒有可能更加注意些，但他到这里来是很平常的事，把你们大家给蒙骗了。”

接着，那个法国人发言，说得很慢，英文说得很好。

“这个年轻人说的对，他的心理分析在理。我们的敌人一向都不愚蠢。”

他面向众人，智者般地皱起了眉头。

“我给诸位讲个故事。”他说，“好多年前，在塞内加尔的一个偏远的兵站，我常去捕河里的大白鱼，以消磨时间。驮着我的午餐盒的是一匹阿拉伯牝马——就是以前在廷巴克图常见的那种非常服水土的暗褐色的马。一天早晨，我收获甚丰。牝马无缘无故地躁动不安，我听见它在嘶鸣、尖叫、跺蹄子。我用我的语言不停地哄它，然而我还是对鱼更加聚精会神。我总觉得，它被拴在二十码以外的一棵树旁边，斜睨一眼就能看见它……过了几个小时，我打算进食。我把鱼集中放在一个帆布袋子里，沿着河向牝马走去，拉起了我的钓鱼线。到了它跟前，我打算把帆布袋扔到它的背上……”

他稍停了片刻，看了看四周。

“气味引起了我的警觉。我转过身，看见三英尺外有只狮子……老练的食人兽，是村里的一大恐怖……在狮子的身后，不见马的踪影，留下的是一摊血、一堆骨头和马皮。”

“出了什么事？”我问道。我也算得上个猎人，听他说过之后便想问个究竟。

“我把钓鱼竿扎进了狮子的嘴里。我还带着手枪呢！我的几名仆人立即带着来复枪赶到了。可是，它在我身上留下了印记。”他伸出一只手，手上少了三根手指。

“仔细想想，”他说，“牝马已经死了一个多小时。可是，从牝马被咬死之时起，那畜生一直对我虎视眈眈。我没看见猎杀的情景，因为牝马躁动，我已习以为常。所以，我没注意到它已不在原处。我只靠它那一身黄褐色的皮毛来感受它的存在，而狮子正好钻了这个空子。如果我能在人们十分警觉的地方犯了这个大错，先生们，那么像我们一样的那些忙忙碌碌、心事重重的城里人难道就不会犯同样的大错吗？”

瓦特爵士直点头，没有人打算反驳他。

“可是，我不明白，”温斯坦利接着说，“为什么他们的目

的是搞到部署计划，从而让我们蒙在鼓里？这就需要我们当中的一位对阿罗阿说，我们今晚的会议因遭到毫无漏洞的诈骗而将被揭露于世。”

瓦特爵士冷笑了一声：“他们挑中阿罗阿，说明他们很精明。我们当中谁有可能对他谈今晚的事呢？或者说，他有可能提到这个话题吗？”

我记得，这位海军大臣是以沉默寡言和脾气暴躁著称的。

“使我百思不得其解的是，”将军说，“此人来此地对那个间谍同谋能有多大好处呢？多达数页的数字和陌生的名称，用脑子是带不走的。”

“这并不难。”法国人答道，“老练的间谍的记忆力跟照相一样，是训练出来的。比如，你们本国的麦考莱[①]就是这样。你们注意到了，此人一言不发，只仔细看记录，一遍又一遍地看。我们不妨设想，每个细节都记在他心里了。我年轻时也能玩儿这一套。”

“噢，我看没有别的办法，只能改变计划了。”瓦特爵士

---

① 托马斯·巴宾顿·麦考莱（1800—1859），英国历史学家、政治家。——译者注

沮丧地说。

惠塔克闷闷不乐。“你把发生的事告诉阿罗阿勋爵了？”他问道，“没有？噢，我绝对不能打包票，但我几乎可以肯定，我们是无法作重大改变的，除非我们改变英格兰的地理。”

“还有一件事，必须说说。”罗伊说，“那个人在这里时，我是直言不讳的。我谈到了我国政府的一些军事计划。我说这么多，是得到允许的。但是，此情报对我们的敌人而言是价值连城的。不行，我的朋友们，别无他法，必须把到这里来的那个人及其同伙抓起来，立即抓起来。”

“天哪，”我大声说，“我们一点儿线索也没有啊！”

“此外，”惠塔克说，“还可以邮寄啊！在此之前，情报就已经寄出去了。”

“不会的，”法国人说，“你们不了解间谍的习惯。他们是本人领取酬金，本人传递情报。在法国，我们了解这一套。仍然有机会，**我的朋友**[①]。这些人总得过海，那就搜查船只、监视港口。相信我，这对法国和英国来说都是当务之急。”

罗伊的看法认真而明智，似乎使我们同心协力了。他是手

① 黑体字原文为法文。——译者注

足无措者当中的实干家。不过，我没从任何人脸上看到任何希望，也没有感到有希望。英伦诸岛有五千万人，我们要在几小时之内抓获欧洲最机敏的三名歹徒，从何下手?

突然，我灵机一动。

“斯柯德的笔记本在哪儿?”我向瓦特爵士嚷道，“快，你！我记得笔记本里有些名堂。”

他开了办公桌的锁，拿出笔记本，递给了我。

我找到了。“三十九级台阶，”我念了又念，“三十九级台阶——我数过。涨潮，晚上十点十七分。”

海军总部的那个人瞧着我，似乎觉得我发疯了。

“你们难道不明白，这就是线索?”我嚷道，“斯柯德知道那些家伙窝藏在何处——他知道他们从何处离开英国，但对地名只字未提。明天就是约定的日子，在十点十七分涨潮的某个地点。”

“他们或许已经在今晚离开了。”有人说。

“不会。他们有自己合适的秘密通道，不会着急。我了解德国人，他们总是发狂似的按计划行事。从哪儿能弄到一本潮汐表手册呢?”

惠塔克面露喜色。“有一个机会,”他说,“我们到海军总部去。”

我们上了等在那里的两辆汽车——瓦特爵士除外,他要到苏格兰场去。据他说,他要动员麦克吉利弗雷。

我们快步走过空荡荡的走廊和空荡荡的大办公室——打杂的女工在那里忙个不停——到了一个两边摆着书籍和地图的小房间。一名常驻办事员迟迟才露面,立即从藏书中找出了海军总部的潮汐表。我坐在桌前,其余的人站在四周。不知怎么搞的,我竟然承担起了这次探险的重任。

我们一无所获,项目多达数百个。依我看,十点十七分可能涉及的地点有五十个,我们得想法子缩小其范围。

我抱头苦想——一定有揭开谜底的办法。斯柯德说的“台阶”是什么意思?我想到了码头的台阶。如果他指的是码头,就不会提到台阶的数目。那“某个地方”肯定是有几级台阶的,有别于其他地方之处就在于它有三十九级台阶。

我突然想到,可以查询所有轮船的班次。在晚上十点十七分,没有任何轮船驶往欧洲大陆。

满潮为什么重要？如果是海港，也一定很小。而且，潮汐是至关重要的。要不然，就是一艘吃水很深的大船。但是，在此期间并无班轮航行。我也不认为他们会从正规的海港乘大海轮离开。所以，一定是事关潮汐大局的某个小港口。或许，根本就不是港口。

如果是小港口，那么台阶又表示什么，我弄不明白。我去过的港口都没有成组的台阶。那个地方的台阶一定很独特，与众不同，并且那里是在十点十七分涨潮。总的来说，我认为那个地方一定是可以自由通行的海岸。台阶——它仍然使我迷惑不解。

我转而进行更广泛的考虑。一个人急于前往德国，要一路顺畅而秘密，那么他可能从哪个地方离开呢？不会从任何大港口离开，也不会从英吉利海峡、西海岸或苏格兰离开。因为，请记住，他是从伦敦出发的。我估算了地图上的距离并尽量按敌人的思路考虑问题。我会想办法到达奥斯坦德[①]、安特卫普或鹿特丹。我会想办法从克罗默和多佛之间的东海岸的某处起航。

---

① 比利时西北部的一座港口城市。——译者注

这都是猜测，并不确切，我也不妄想它有独创性和科学性。我不是夏洛克·福尔摩斯之类的人，但是我总认为我对这类疑窦具有一种直觉。我不知道我能否把自己的意思说清楚，但我总是尽量让自己的智慧发挥作用。智慧碰壁之后，我就猜测。通常，我会发现我的猜测十分正确。

于是，我把全部结论简写在一张海军总部的纸片上：

十分肯定：

（一）该处有多组阶梯。其中之一之所以重要，是因为它以三十九级台阶闻名。

（二）午后十点十七分涨潮，只可能是满潮时离岸。

（三）台阶并非码头的台阶，所以那地方可能不是海港。

（四）在十点十七分无夜间班轮。运送方式应当是长途跋涉（不可能）、快艇或渔船。

猜测：

（一）该处不是海港，而是可以自由通行的海岸。

（二）小船——拖网渔船、快艇或汽艇。

（三）在克罗默与多佛之间的东海岸。

我坐在桌前。在一旁看着我的有内阁大臣、陆军元帅①、两位政府官员和一位法国将军。与此同时，我竟然试图从一名死者潦草的记录里搜罗对我们来说生死攸关的秘密，这使我感到十分怪异。

瓦特爵士加入了进来。接着，麦克吉利弗雷赶到了。他已发出指令，监控港口和火车站，搜捕我向瓦特爵士描述过的那三个人。他本人和其他任何人都不认为此法会奏效。

“我能想明白的就这些。”我说，“我们应当想办法找到的地方，有好几组阶梯通向海滩，其中一组有三十九级台阶。我想，那是一片可以自由通行的海岸，有比较大的悬崖，大致位于沃什湾与英吉利海峡之间。而且，那里的满潮时间是明晚十点十七分。”

我有主意了：“海岸警备队的监察长或其他人难道就不了解东海岸的情况吗？”

---

① 英国最高级别的陆军将官。——译者注

惠塔克说有人了解，此人住在克拉彭。他乘车去找此人，其余的人坐在那个小房间里随意闲聊。我抽起了烟斗，对这前前后后的事冥思苦想，直到想得头脑不听使唤。

上午十点左右，海岸警备队的人来了——是个和善、老成的人，外表像海军军官，对诸位来宾十分谦恭。我让陆军大臣①去盘问，因为我觉得如果我开口，未免显得有些冒失。

“我们想请你告诉我们东海岸的几个地方的情况。那里有悬崖，有通向海滩的几组台阶。”

他想了片刻，说：“您指的是哪一类台阶，先生？有很多地方的路通向悬崖，很多路上都有一两级台阶。您是指正规的阶梯——也可以称之为‘全台阶’，对吗？”

阿瑟爵士朝我看了看。“我们是指正规的阶梯。”我说。

他深思了一会儿，说：“不知道是否想得起来。请稍等！在诺福克——布拉特夏姆——有个地方，高尔夫球场旁边的两处有阶梯。球打丢了，先生们要把球找回来，就会走这些阶梯。”

“不是这种。”我说。

① 即上文提到的陆军元帅。——译者注

“那么，还有海军运动场上的，你们是指这种吧。每个海滨休养地都有！”

我摇了摇头。

“应该是比这更偏远的地方。”我说。

“噢，先生们，我想不出别的地方了。当然喽，还有鲈鲋岬——”

“这是什么？”我问。

“是一大片白垩海岬，在肯特郡，离布莱德盖特不远。岬顶有许多别墅。有的住宅有阶梯，一直通到私人海滩。那个地方很是时髦，住户们不尚往来。”

我翻开潮汐表，找到了布莱德盖特。满潮时间是 6 月 15 日晚上十点二十七分。

“我们终于有了线索。”我激动不已，“怎样才能查明鲈鲋岬的潮汐情况呢？”

“我来告诉你，先生。”海岸警备队的人说，“就在本月，我去那里租房子住过，时常在夜间去深海区捕鱼。那里的潮汐比布莱德盖特早十分钟。”

我把潮汐表手册合上，看了看四周的各位。

“如果这些阶梯之中有一处阶梯的台阶是三十九级，那么我们就已经将疑窦解开了，先生们。”我说，“我想借用一下你的车，瓦特爵士，还有公路地图。如果麦克吉利弗雷先生能给我十分钟的时间，那么我就能为明天做些准备了。”

我感到自己很可笑——我担此重任，而他们却不在意。不过，我毕竟从一开始就登场亮相了。此外，我早已习惯于干苦差事。这一点，这几位聪明能干的著名上流人士是不会看不出来的。罗伊将军把任务交给了我。“我本人，”他说，“赞成将此事托付给汉尼先生。”

凌晨三点半钟，车子一路飞奔，经过肯特，掠过了明月下那一排栽成树篱的灌木。麦克吉利弗雷最得力的助手就坐在我旁边。

第十章　海上风云

6月，晨光蓝里透红。我到达了布莱德盖特。从格里芬旅馆向外望去，海面平静，考克沙洲上的灯塔船显得只有浮标那么大。南面数英里之外，离海岸近些的海面上停泊着一艘小型驱逐舰。麦克吉利弗雷的助手斯凯菲曾在海军服役，他知道此舰，并将此舰的名称和副舰长的姓名都告诉了我。于是，我给瓦特爵士发了电报。

早餐后，斯凯菲从房地产经纪人那里弄到了鲈鲋岬阶梯隔门的钥匙。我同他一起沿着沙滩走去，在山崖下面的角落里坐了下来。他已经调查了六处阶梯。我不愿意让人看见，幸好此刻这里人很少。我一直在海滩上，没发现什么，只看见了海鸥。

他花了一个多小时才完成任务。他向我走来时，正在细看一张小纸条。我的心都提到嗓子眼儿了，一切都取决于我的猜测是否正确无误。

他大声读出了各种阶梯的台阶数目："三十四、三十五、三十九、四十二、四十七……"接着是"二十一"，此处的悬崖较低。我几乎要站起来大喊大叫了。

我们匆匆地回到镇上，给麦克吉利弗雷发了电报。我要了六个人，叫他们分散地住进不同的旅馆。斯凯菲着手去探查三十九级台阶顶端的那幢房子。

他带回的消息既使我迷惑，又使我安心。那幢房子号称"特拉法尔加寓所"，归一位年老的绅士所有。此人叫"艾普尔顿"，是退了休的股票经纪人——这是房地产经纪人说的。艾普尔顿先生是夏天来的，现已在此地住了一个多星期。与此人有关的信息，斯凯菲所知甚少，只知道此人是一位体面的老者，按时付账，常向当地慈善机构慷慨解囊。斯凯菲曾设法进

了寓所的后门，自称是缝纫机经销商。他雇了三名仆人：女厨子一名、客厅侍女一名、女仆一名（有身份的中产阶级人家雇用的那种仆人）。女厨子不善闲言碎语，当即把斯凯菲挡在了门外。不过，他敢肯定，女厨子毫不知情。隔壁有幢新房子，是进行监视的极佳的隐蔽之处。另一边的别墅招租，其花园荒芜，灌木丛生。

我借了斯凯菲的望远镜，午餐前在鲈鲋岬一带散步。我以那一排排别墅作掩护，在高尔夫球场边上找到了一个极佳的观察点，能看见崖顶草坪的轮廓。每隔一段距离，就摆一把椅子。那里有几小块四方形的地，用围栏围着，里面种有灌木。阶梯从那里一直往下，通到海滩。特拉法尔加寓所——我看得很清楚，是座红砖别墅，有游廊，后面有个网球场。前面是普通的海滨花园，种满了雏菊和高矮不一的天竺葵。旗杆上那面巨大的旗帜在平静的天空下显得毫无生气。

不一会儿，我观察到有人离开了房子，沿崖闲逛。我用望远镜一望，是位老人，穿着白色法兰绒裤子、蓝色哔叽上衣，戴着草帽。他手拿双筒望远镜和报纸，在一把铁制的椅子上坐着看报。他不时地放下报纸，用望远镜看看大海，对着那艘驱逐舰瞭望了许久。我留心观察了半个小时，直到他起身回家用午餐，我才回旅馆吃午饭。

我感觉不怎么自信，这个不错的普通寓所不是我预想的那样。此人可能就是那可怕的高原沼地农场的秃顶考古学家，但也可能不是。然而，他正是你在每个城郊、每个度假胜地都能见到的那种知足常乐的老家伙。如果你要找此类毫无恶行的人，大概就会选中此人。

午餐后，我坐在旅馆的门廊里，心中暗喜，因为我看见了自己早已期盼而生怕得不到的东西。一艘快艇从南边驶来，在鲈鲋岬的正对面抛锚，重量大约为一百五十吨。从白色军舰旗看，我认为它属于分舰队。斯凯菲和我去海港雇了一名船工，以便下午出海捕鱼。

我度过了温暖而宁静的下午。我们两个人捕到了大约二十磅鳕鱼和苏格兰青鳕。在波涛滚滚的蓝色大海上，我观察事物时觉得更加爽快。我看见鲈鲋岬白崖上的那些别墅绿、红相映，尤为突出的是特拉法尔加寓所的那根高大的旗杆。四点钟左右，收获已经够多了，我们叫船工把船划到快艇附近。快艇真像一只优雅的白鸟浮在那里，准备随时飞走。斯凯菲说，从

它的构造看，一定跑得很快，而且马力很大。

船名是“阿利亚德内”，这是我从一名正在擦洗铜制设备的水手的军帽上发现的。我跟他说话，听到的是埃塞克斯方言，语调十分柔和。另一名水手跟我寒暄时，说的是一口明白无误的英文。船工为天气之事跟一名水手发生了口角，我们便压住船桨，向快艇的右舷船首靠近，用了几分钟时间。

稍后，一名军官来到甲板上，水手们便不再理会我们，埋头干活儿了。此人年轻、大方、整洁，用非常地道的英文向我们问起捕鱼的情况。我们对他是无法产生怀疑的，他的短发发型，以及衣领和领带的剪裁绝不是英国式的。

这种情况使我感到很安心。不过，当我们把船划回布莱德盖特时，我那顽固的疑惧并未消除。我回想起，我的敌人知道我从斯柯德那里获得了消息，我找到这里也是斯柯德提供的线索，这使我万分担心。即使他们知道了提供线索的是斯柯德，也肯定不会改变计划吗？他们求胜心切，故而不愿去冒任何风险。斯柯德所掌握的信息，他们究竟知道多少，这才是问题之所在。昨晚，我十分自信地谈到了德国人一向按计划行事。然而，他们要是怀疑我有追踪他们之嫌却对其行踪仍然不加以掩饰，那才是傻瓜呢！我不知道，昨晚的那个人是否已经发现我认出了他。我总觉得，他没发现——我对此坚信不疑。不过，全盘工作似乎还不像那个下午那般让我一筹莫展。从种种推测来看，我在那个下午是本该享受成功在握之喜悦的。

我在旅馆里认识了驱逐舰的副舰长，是斯凯菲介绍的。我跟他聊了几句。后来，我认为应当花一两个小时监视特拉法尔加寓所。

我在远处的小山上找到了一个地方，在一幢空房子的花园里。在那里，我能完完全全地看见球场。球场上有两个人在打网球，其中一个是我见过的那位老人。另一个是年轻人，围在腰部的腰巾上印有俱乐部的徽记。他们打得十分起劲儿，恰似两位绅士在做剧烈运动，为了使毛孔张开，以便大汗淋漓。你想不出比这更天真无邪的场面了，他们不停地叫喊、大笑。女仆用托盘送来两大杯啤酒，他们便停下来喝啤酒。我用手揉揉眼睛，自问是否会成为傻得出奇的傻瓜。诡诈与阴险的魔影始终在一些人的四周游荡，尤其是在那个恶魔似的古物收藏者的四周游荡。这些人就是用飞机和汽车在苏格兰高原沼地追杀我的人。把这些人跟那把将斯柯德刺穿在地板上的刀联系起来，

是再自然不过的了。然而，这里是两个正直的市民，进行的是没有恶意的体育运动。他们即将回屋吃一顿平平常常的晚饭，谈谈市场的价格以及板球赛的最后得分，聊起他们的出生地瑟毕顿[①]。我一直在织网，想捕捉秃鹰和隼。瞧！两只莽撞的画眉鸟无意中闯到网里了。

不一会儿，来了第三位，是个骑自行车的年轻人，扛着几根高尔夫球杆。他绕路溜达到网球场，受到了打网球的那两个人的热烈欢迎。他们显然是在跟他开玩笑，说的英文听起来令人咋舌。那个胖子用手绢擦了擦额头，宣称自己要去洗个澡。他说的话，我听见了。"我这汗出得相当可以了。"他说，"这下可以减轻我的体重，消除我的身心障碍了，鲍勃。明天，我还要跟你较量，给你来个'一杆进洞'。"你不可能遇到比这更具英国特色的事了。

他们都进屋了，只剩下我一个。我觉得，自己像个十足的白痴。这一回，我找错了目标。或许，这些人是在演戏。如果是在演戏，那么他们的观众在何处？他们并不知道我就坐在三十码开外的杜鹃花丛里。以下的看法是不可信的：不能单从表

① 伦敦西南部的一个郊区，1965 年被划入大伦敦区。——译者注

面上看这三个精神饱满的家伙——普普通通的、打比赛的、住在城郊的三个英国人。如果你愿意，也可以说他们乏味，说他们看似天真无邪，实则居心叵测。

然而，就这么三个人：一个年老，一个肥胖，一个又瘦又黑，住的地方跟斯柯德笔记本里所写的完全相符。半英里之外停着一艘蒸汽快艇，艇上至少有一名德国军官。我想到了卡洛里迪斯死后躺在那里的情景；想到了全欧洲的人在即将发生社会动荡之际，一直在惶恐、颤抖；想到了那些留在伦敦的人，正焦急地等着数小时之后将要发生的种种大事。毫无疑问，这种地狱般的困境正在某处形成——“黑石头”已先声夺人。如果他们得逞，将在这6月之夜获得一大批战利品。

我似乎只有一个办法——继续下去，就像毫无疑虑一样，即使因干蠢事而把脸丢尽也要慷慨地去干。我从未像现在这样对任务感到如此为难。我当时的想法是，我宁愿走进拿着勃朗宁手枪的无政府主义者的巢穴，或者拿着气枪面对一头要袭击人的狮子，也不愿走进住着三个英国人的那个幸福的屋子，对他们说，他们的比赛结束了[①]。他们将怎样地笑话我啊！

① 双关语，也有“他们完了”的含意。——译者注

我突然想起一件事，是我当年在罗得西亚时听彼特·皮纳[①]老人说的。我在前文里引用过他说的话。他是我所了解的最优秀的侦察员。在品行端正之前，他曾目无法纪，被当局严加通缉。彼特跟我讨论过一次化装问题，他的理论当时使我颇受感动。他说，诸如指纹之类的绝对特征除外，只靠身体上的特征去识别逃亡者是根本没有用的——如果逃亡者精通其本行的话。对染头发、戴假胡子以及这类幼稚的蠢事，他都嗤之以鼻。只有一件事最重要，即彼特所说的“环境”。

如果一个人能从最初的环境进入完全不同的环境，并且能真正适应这种环境，仿佛从未脱离过这种环境，那么他便能使这世上的侦探高手大伤脑筋。他常讲的故事是：有一次，他穿着一件借来的黑色外衣去教堂，与一个人共用一本赞美诗集，而到处打听他的正是这位与他共用赞美诗集的人。如果此人以前在正式的聚会上见过他，便能认出他。不过，此人以前见到的他，是开枪把酒馆的灯打灭的那个人。

回想起彼特的言谈，我当天第一次感到了真正的安慰。彼

① 是作者杜撰的人物，也出现在他的另一部小说《绿斗篷》里。——译者注

特是精明的老手，而我跟踪的这些家伙也不是等闲之辈。如果他们也玩儿起彼特说的那一套，该怎么办？显得不同，是愚者；看似相同，其实不同，是智者。

另外，我当养路工那阵子，彼特的另外一套箴言就帮助过我："你扮演角色时，不可以中断，除非你能让自己确信，你就是那个角色。"这番话颇能用来阐明那场网球赛。那几个家伙用不着扮演，只不过换了名分，换了一种生活——这种生活跟当初的那种生活一样，来得自自然然。听起来像是陈词滥调，但彼特却常说，这是所有著名罪犯的一大秘诀。

快到晚上八点钟时，我回到住处，找到斯凯菲，把彼特的教诲告诉了他。我跟斯凯菲一起商量如何安排他手下的人，然后我外出散步，因为我根本不想吃什么晚饭。我在没有人的高尔夫球场上四处走了走，然后朝那一排别墅北边的山崖走去。在新开辟的平整的小路上，我遇见了一些身穿法兰绒衣服的人从网球场和海滨往回走，一名海岸警备队队员从无线电报站走来，还有一些皮耶罗[1]赶着驴车慢慢往家走。远处的大海一片青灰色，十分幽暗。我看见"阿利亚德内"和南边的驱逐舰

① 泛指丑角或小丑的表演者。——译者注

都亮起了灯。考克沙滩那边，一艘客轮的灯更亮——它驶向泰晤士河。这一切显得宁静而正常，我越想越沮丧。九点钟左右，我下定决心，向特拉法尔加寓所走去。

路上，我看见一只灰色猎犬跟在一个年轻保姆身后大摇大摆地走着，这使我不由得感到一阵实实在在的畅快。它使我想起了我在罗得西亚时养过的一只狗。我当时常常带它去帕里山区打猎——打短角羚羊，也就是那种灰褐色的羚羊。我们跟踪一只短角羚羊，结果跟丢了。灰色猎犬要靠视力跟踪，我的视力够好的了，但那只羚羊照样从我眼前溜走了。后来，我才明白它是怎么消失的。南非丘陵中的岩石呈灰色，在此背景下的羚羊就跟在一片乌云下面的乌鸦一样嘛！它根本不必跑，只需站着一动不动便可以消融于背景之中。

此类往事掠过我的头脑时，我顿时想到了我目前的情况并引以为戒。“黑石头”根本不必逃窜，只是悄悄地跟背景融为一体了。我这个思路是对的。我要将其记在心里，告诉自己千万不能忘记。定论是：要记住彼特·皮纳说过的话。

斯凯菲手下的人现在应当已经安排妥当了，但却没看到一个人影。寓所就在那里，像市场一样公开，有目共睹。一道三英尺高的栏杆将寓所与山崖旁的公路隔开了。寓所底层的窗户都开着，灯光昏暗，说话声很小——这表明住在这里的人已用罢晚餐。一切都是公开的、光明磊落的，跟义卖市场一样。我推开栅栏门，按了按门铃，觉得自己是世上最大的傻瓜。

像我这种人，曾周游世界，也去过一些贫民区，跟两个阶级——也就是你们所说的上层阶级和下层阶级——的人都十分相投。本人了解他们，他们也了解本人。我跟牧人、流浪者和养路工相处时无拘无束，跟瓦特爵士以及我在前一天晚上认识的那些人相处时自由自在。究竟是何原因，我不得而知，但却是事实。不过，像我这样的人根本弄不明白这个了不起的知足常乐的中产阶级世界，以及住在郊区别墅里的那些人。本人不知道他们这些人如何看待事物，不了解他们的习俗。本人对他们存有戒心，正像对树蛇[1]存有戒心一样。一名客厅侍女开门时，我张口结舌。

我说我要求见艾普尔顿先生，她便将我迎进了屋。我本打算直接走进餐室，来个突然出现，让那几个人因认出我而大吃

① 一种非洲毒蛇。——译者注

一惊，以此来证明我的理论是行之有效的。但是，我走进那个整洁的大厅时，怔住了。里面有高尔夫球杆，有网球拍，有草帽和便帽，还有一摞摞手套和一捆手杖。这些东西在成千上万的英国人家里是屡见不鲜的。一堆叠得整整齐齐的外套和防水服摞在橡木的旧柜子上。有摆的座钟滴滴答答地走着。几个擦得亮亮的铜制暖床器[①]靠在墙边，还有温度计。有一幅版画，画的是契尔特恩[②]——它是圣莱杰赛马会上颁发的奖品，简直跟英国圣公会教堂一样正统。女仆询问我的姓名，我脱口而出，于是被引进了大厅右边的吸烟室。

此房间更加不妙。我没仔细看，但能看见壁炉台上放着有相框的团体照片。我完全可以断言，照片拍的是英国公学或私立中学。我只瞟了一眼，因为我要定一定神儿，跟在女仆身后。但是，为时已晚，她已经走进餐室，向主人通报了我的名字。我没能看见那三个人有何反应——坐失良机了。

我走进去时，坐在上席的老头儿站起来，转身迎接我。他身着晚礼服——跟另一个人一样，短上衣，配上黑色领结。另

① 又称“长柄炭炉”，睡前用来暖床。——译者注

② 在丘陵地区，以天然美景著称。——译者注

一个人，便是我所说的那个胖子。第三个人，即又黑又瘦的家伙，穿的是蓝色哔叽套装，戴着柔软的白色硬领，身上佩戴着某俱乐部或某学校的徽章。

老头儿的举止不卑不亢。“汉尼先生？”他有些犹豫地说，“你希望见我？你们几个，我待会儿再跟你们谈。我们最好到吸烟室去！”

我毫无信心，但强制自己，行动要光明正大。我拉过一把椅子，坐了下来。

“我们见过面。”我说，“我有何公干，想必你也知道。”

屋里灯光很暗，我尚能看见他们的面孔。他们故弄玄虚，很有一套。

“也许，也许，”老头儿说，“我的记性不太好。你要告诉我，你有什么事，先生，因为我确实不知道你有什么事。”

“那好，”我说，似乎总觉得自己纯粹是在胡言乱语，“我来，是要告诉你，你们完了。我有正当理由拘捕你们三位。”

“拘捕，”老头儿说，果然大为吃惊，“拘捕？天哪，为什么？”

“上个月23号，在伦敦发生了弗兰克林·斯柯德凶杀案。”

“我从来没听说过这个姓名。”老头儿说话时，显得有些茫然。

另外几个人中的一个人大声说：“是波特兰大街凶杀案，我在报上看到过。哎呀，你一定是糊涂了，先生！你从哪儿来?”

“苏格兰场。”我说。

我说了之后，足足有一分钟鸦雀无声。老头儿看着他的盘子，拨弄着一粒坚果，显得既无辜又为难。

胖子大声说话了。他有点儿结结巴巴，很像个出言谨慎的人。

“别着急嘛，叔叔!”他说，“完全是误会，荒谬之极。不过，这种事情时有发生，很容易纠正过来。要证明我们的清白，并不费事。我可以告诉你，23 号那天我不在国内。鲍勃住进了小型私人医院。你确实在伦敦，但是你可以解释一下你在伦敦做了什么。”

“对呀，珀西！这好办！23 号是阿加莎婚礼的第二天。让我想想，我在做什么呢？我一大早从沃金来，在俱乐部和查理·塞蒙斯一起吃午餐。后来——哦，对了，我跟费希芒格斯一家共同用餐。我能记得，是因为果味饮料不合我的口味，弄得我第二天早晨没精打采。见鬼，那个香烟盒还在呢，是我用餐后带回来的。”他指了指桌上的香烟盒，神色紧张地大笑起来。

“我认为，先生，”那个年轻人很有礼貌地对我说，“你看，你搞错了嘛！我们跟所有英国人一样，维护法律。我们也不想让苏格兰场闹笑话，对不对，叔叔？”

“那是当然，鲍勃。”老家伙的声音似乎恢复了正常，“那是当然。我们要尽自己之所能协助当局。不过——不过，这也实在有些过分，我不能原谅。”

“真不知道奈莉会怎么笑话你！”矮胖子说，“她总是说，你从来没出过事，所以总觉得生活无聊透了。现在可好，吃不了兜着走啦！”说完，他开怀大笑。

“好家伙！说的对啊！想想吧！这是个多么适合在俱乐部大讲而特讲的故事啊！说真的，汉尼先生，我本该气愤，也本该说明我的清白，可是那样做就太无聊了！你使我受惊不小，我对你则几乎是宽宏大量！你如此愁容满面，而我却感到自己一直在梦游，一直在逗大伙儿乐呢！”

这不可能是表演，简直真实得无以复加。我有点儿担心，冲动之下准备道歉并一走了之，但又告诫自己必须干到底，即使成了英国的笑柄也在所不惜。餐桌上，蜡烛的光并不是很亮。为了掩盖慌乱，我站起来走到门边，按下了电灯的按钮。光线突然变亮了，闪得他们直眨眼睛。我站在那里，仔细打量着那三副面孔。

得啦，我也没看出什么名堂。一个年老、秃顶，一个健壮，一个又黑又瘦。看外貌，不能说他们不是在苏格兰追杀我的那三个人，但也无法鉴别他们的身份。我冒充养路工时，曾留心注意过那两双眼睛。我冒充奈德·艾斯利时，曾留心注意过另外两只眼睛。我的记忆力好，观察能力强，却无法如愿。这是为什么？这就说不清道不明了。他们看上去跟他们自称的身份简直是分毫不差，所以我对他们中的任何一个人都无法断然肯定。

舒适的餐室里，四面墙上挂着版画。壁炉台的上方是一张围着围裙的老太太的照片。我看不出这些东西跟高原沼地上的暴徒有何联系。我身边有个银质的香烟盒，是颁给圣贝德俱乐部的帕西瓦尔·艾普尔顿先生的高尔夫锦标赛的奖品。我得牢记彼特·皮纳所言，以防止自己从那幢房子里逃出去。

“噢，”老头儿有礼貌地说，“你已经进行了彻查，总安心了吧，先生？”

我无言以对。

“我希望你能明白，你有责任终止这种可笑的行径，这跟彻查此事并不矛盾。我并无怨言，不过你会发觉彻查对有身份的人而言肯定是令人厌烦的。”

我摇了摇头。

“天哪，”那个年轻人说，“这太过分了！”

“你难道要把我们带到派出所去吗？”胖子问道，“这或许是上策。不过，依我看，你对地方的分支机构也不会满意。我有权要求你出示拘捕证，但我不想破坏你的名声——你不过是尽职而已。可是，你终究会承认自己的处境非常尴尬。你打算怎么办呢？”

没有别的办法，只能召集我们的人来逮捕他们。要不就承认自己犯了大错，尽快脱身。这个地方，还有这显然是清白无辜的表情——不仅仅是清白无辜的表情，还有那三张脸上明显的困惑和焦虑——都使我中了魔。

“哦，彼特·皮纳，”我暗自叹了口气。在那一瞬间，我打算咒骂自己是傻瓜并请求他们原谅。

“这会儿，我提议打一局桥牌。”胖子说，“这样可以让汉尼先生有时间考虑考虑。我们三缺一——你打吗，先生?”

我接受了他的建议，好像这邀请跟俱乐部里日常的邀请没有什么两样。整件事情已经使我中了魔。我们走进吸烟室，那里已经摆好了牌桌，有烟酒相待。我就座，好似身在某种梦境里。窗子开着，黄色月光大潮般地倾洒在山崖和海面上。我的头脑里也有月光[①]。那三个人已经恢复镇静，叙谈自若——也就是你在任何高尔夫聚会厅里都能听到的那类满口俚语的交谈。我的样子一定很怪——坐在那里，皱着眉，两眼呆滞无神。

我的搭档是那个皮肤很黑的年轻人。我能打一手好桥牌，可是那天晚上我一定很差劲儿。他们看出来了，他们已经把我搞得昏头昏脑，便越发心安理得。我不停地看他们的脸，可是他们的脸没有向我传递任何信息。他们并非只是显得不同，他们就是不同。我坚信彼特·皮纳说过的话。

---

① 双关语，另一层意思是“我满脑子的胡思乱想”。——译者注

有个情况给我提了个醒。

老头儿打算点一支雪茄烟。他并没有立刻拿起雪茄烟，而是在椅子上往后一靠，静坐了片刻，用几根手指轻轻地敲打着膝盖。

我记起了那一瞬间的情形：在高原沼地农场，我站在他面前。他的几名男仆拿着手枪，站在我身后。

区区小事，稍纵即逝。想必我当时因眼睛盯着牌而错过了这区区小事。然而，我没有错过，那情景似乎在顷刻间清晰起来。我心中的某种阴影已经消散了。这三个人，我完完全全、确确实实地认出来了。

壁炉台上的时钟敲了十下。

我眼前的这三张脸似乎变了，露出了破绽，那个年轻人就是凶手。我现在感受到的是恶毒和残酷，而此前我却只看到了和颜悦色。我敢肯定，是他的刀把斯柯德刺穿在地板上，是他的本性使他将子弹射进了卡洛里迪斯的身体。

那个胖子的面目似乎有些模糊，而当我仔细看时，它却变得十分清晰。他无面目可言，有的只不过是无数种假面具，由他随意装扮。这家伙一定是个出色的演员，说不定就是前一天

晚上出现的那个阿罗阿勋爵，也许不是——这不重要。我不知道他会不会是当初跟踪斯柯德并给斯柯德留下名片的那个家伙。斯柯德说过，此人口齿不清。我能想象出，口齿不清和使人恐惧是如何相辅而成的。

那个老头儿才是这伙人的主心骨。他非常善于算计，冷漠、沉着、有心计，如蒸汽锤一般残酷无情。现在，我已拨云见日，真不明白我此前所看到的仁德从何说起。他的下巴好似冷淬过的钢铁。他的眼睛像飞禽的眼睛，明亮却无人性。我继续玩牌，心中涌起的憎恨每过一秒钟便加重一分，几乎使我窒息。我的搭档说话时，我都无法回答。对这些人，我只能多忍受片刻。

“哟，鲍勃！你看看时间！”老头儿说，“你得想想你上车的时间啦！鲍勃今晚要进城！”他转身看着我，声音极其虚假。

我看了看钟，快到十点半了。

“我看，他得推迟行程了。”我说。

“啊，讨厌！”那个年轻人说，“我还以为你把刚才那些无聊的事都抛到一边儿了呢！我非走不可！我可以把我的地址告诉你。你要我保证什么，我就保证什么。”

“不行，”我说，“你得留下。”

至此，我认为他们一定意识到事情已到了危急关头。他们的唯一机会本来是要我承认我在干傻事，这一手已经落空了。

老头儿又说话了：“我愿意当我侄子的保释人。这该使你满意了吧，汉尼先生。”这究竟是他异想天开，还是我从那平和的声音里听出了某种要我收场的意味呢？

果不其然，当我瞅他时，他的眼睑往下垂，像鹰似的盖住眼睛，其模样之可怖早已印在了我的记忆里。

我吹响了警笛。

瞬间，灯灭了。两只粗壮的胳膊抱住我的腰，摁住我的口袋，以防口袋里有枪。

“**快，弗朗茨**[①]**！**”有人叫喊道，“**船，船**[②]**！**”这时，我看见我的两个帮手出现在月光下的草坪上。

那个又黑又瘦的年轻人扑向窗口，跳了出去，翻过了矮篱笆。我的帮手没能逮住他。我一把将老头儿抓住了。房间里有人影晃动。我看见胖子被捕了，但我的眼睛只盯着户外的情

---

① 黑体字原文为德文。——译者注

② 黑体字原文为德文。——译者注

形。只见弗朗茨飞快地跑过大路，朝通往海滨阶梯的有围栏的阶梯口跑。一个帮手追过去，没能追到。逃跑者进了阶梯的大门之后，将大门锁上了。我站住，向四周张望，用两只手掐住了老头儿的脖子。此时此刻，作为对手，他很可能会走阶梯去海边。

我的俘虏突然挣脱，朝墙扑去。咔嗒一声响，好像是拉动操纵杆的声音。接着，在下方很远处响起了低沉的隆隆声。我透过窗户看见从阶梯的门柱里喷出一团白垩色的尘雾。

有人开了灯。

老头儿看着我，目光如炬。

“他安全了！”他嚷道，“你追不上他了……他消失了……他胜利了……**胜利属于黑石头**[①]**！**”

蕴含在他那两只眼睛里的不只是平常的胜利。那两只眼睛曾经像肉食鸟的眼睛一样睁闭自如。现在，那两只眼睛燃起了鹰一般的傲慢之焰，烧起了一团单纯、盲从的狂热之火。我第一次领会到此前遭遇的事情之可怕。此人是间谍，又胜过间谍。就其卑劣行径而言，他又是个爱国者。

---

① 黑体字原文为德文。——译者注

手铐铐在他的手腕上时，我对他说了最后一句话。

“我希望弗朗茨能好好地记住他的胜利。我应当告诉你，我们在紧要关头就已经掌控了‘阿利亚德内’。”

三个星期后，正如全世界所知，我们参战了。我在第一个星期便参加了新兵团。因为在马塔比里的经历，我当即被任命为上尉。不过，我心里在想，我在穿上这身卡其布军装之前，就已经最出色地服过兵役了。

John Buchan

THE THIRTY-NINE STEPS

本书译自 Dover Publications，Inc. 1994 年版